Christa Jekoff

RAUCHZEICHEN

Die Liebe zum Tabak

Ein literarisches Handbuch
für leidenschaftliche Raucher

| Hoffmann und Campe |

Sucht ist eine Freundschaft ohne Freund. Du suchst, was in unmittelbarer Nähe und greifbar ist. Eine Zigarette ist ein Halt, ein Halt, der verbrennt. Der größte Vorzug einer Schachtel Marlboro ist, daß sie dich nicht betrügen kann, dich nicht verlassen kann, daß sie niemals aufhören wird, dich zu lieben, und natürlich, daß sie nicht sterben kann. Das ist die Essenz einer Sucht, glaube ich. Du umgehst die Risiken, die du bei einer Liebe oder Freundschaft notgedrungen eingehst, weil du sonst keine Liebe und keine Freundschaft hättest.

Connie Palmen, *I. M.*

VORWORT

Die Idee zu diesem Buch entstand während eines Restaurantbesuchs zusammen mit meinem Agenten, dessen Frau und meinem Mann. Ich war damals bereits nicht mehr süchtig und rauchte erst nach dem letzten Gang. Mir war zuvor gar nicht aufgefallen, daß die anderen auch nicht geraucht hatten – wie sich hinterher herausstellte: in der gegenseitigen Annahme, man säße mit Nichtrauchern am Tisch. Als ich schließlich meine Zigaretten aus der Tasche nahm, waren mein Agent und seine Frau merklich erleichtert. Auch mein Mann zündete sich befreit ein Zigarillo an. Natürlich sprachen wir über das Rauchen, und ich erzählte, wie ich es geschafft hatte, aus der Abhängigkeit herauszukommen und mir gleichzeitig den Genuß des Rauchens zu bewahren. Nachdem ich meine Geschichte beendet hatte, meinte die Frau meines Agenten, ich müsse daraus ein Buch machen.

Ich war zu dieser Zeit vollauf mit dem Roman beschäftigt, an dem ich gerade arbeitete, aber so ganz ging mir die Idee nicht mehr aus dem Kopf, und ich begann mir Notizen zu machen und Material zu sammeln.

Für wen wollte ich dieses Buch überhaupt schreiben? Sicher nicht für diejenigen Zeitgenossen, die es schaffen, von heute auf morgen mit dem Rauchen aufzuhören, und nie mehr rückfällig werden. Die haben mein Buch nicht nötig es sei denn, sie finden Vergnügen an den Anekdoten und an der Historie, in die meine Geschichte eingebettet ist.

Es ist keinesfalls für militante Nichtraucher und Menschen geschrieben, die sich nicht einmal vorstellen können, welche Wonnen ein Raucher erlebt, der sich etwa zum Mokka oder

Cognac nach einem wunderbaren Essen und einem guten Wein eine Cohiba anzündet. Nein, es ist für den leidenschaftlichen Raucher gedacht, der sich aus dem Gefängnis seiner Sucht befreien möchte, ohne seiner Leidenschaft abzuschwören. Was diese Leidenschaft angeht, so wird er in diesem Buch auf großes Verständnis stoßen. Er wird viele verwandte Seelen treffen und sich in prominenter Gesellschaft mit Leuten befinden, die schon viele Male versucht haben, sich von der Nikotinsucht zu befreien. Auch ich hatte viele gescheiterte Versuche hinter mir, bis es mir schließlich gelang, vom Junkie zur Genußraucherin zu werden. Diesen Weg will ich schildern.

Am Anfang war das Verbot.

Offenbar ist etwas dran an der These, daß der Mensch aus der Geschichte nicht lernt. Als ich anfing zu rauchen, waren die Verhältnisse an dem Gymnasium, auf das ich ging, so, wie sie sich der militante Nichtraucher von heute wünscht. Es gab in den Schulen keine Raucherecken, Rauchen auf dem Schulgelände war bei Strafen bis hin zum Schulverweis verboten, das Verlassen des Schulgeländes ohne ausdrückliche Genehmigung eines Lehrers ebenfalls. Das Dumme war nur: dies alles half nichts. Auf den Toiletten wurde geraucht, was das Zeug hielt. Nachdem eines Tages der Sohn des Direktors erwischt worden war, wurden die Toilettenkontrollen stillschweigend eingestellt.

Daraufhin gab es Aufklärungsveranstaltungen, bei denen die Gefahren des Rauchens in allen Facetten dargestellt und Bilder von Raucherbeinen gezeigt wurden. Wir schrieben sogar Aufsätze zu diesem Thema – Besinnungsaufsatz nannte man das. (Die Bezeichnung ›Raucherbein‹ hat ursprünglich nichts mit dem Rauchen zu tun. Sie ist auf den Namen des österreichischen Internisten zurückzuführen, der zum ersten Mal die Diagnose des Verschlusses der Beinarterie stellte, eine Erkrankung, die auch bei Nichtrauchern vorkommt. Er hieß Franz Ferdinand Raucher und lebte von 1864 bis 1930.)

Diese als Abschreckung gedachte Maßnahme war so wirkungslos wie das Verbot selbst. Es ist wohl tatsächlich so, wie Sir Winston Churchill, u.a. berühmt für sein hohes Alter, seine Leidenschaft für Zigarren und seine Abneigung gegen Sport, sagte, nämlich daß ein leidenschaftlicher Raucher, der immer wieder über die Gefahren des Rauchens liest, schließlich aufhört – zu lesen.

Dennoch stehen, wie einem Themenabend bei Arte zu entnehmen war, derartige Abschreckungsmanöver wieder hoch im Kurs. Dabei weiß man doch, daß selbst die Todesstrafe als Instrument zur Verhinderung von Verbrechen nutzlos ist. Sollten nicht gerade junge Menschen lernen, mit Freiheit umzugehen anstatt mit Verboten, und ist es nicht ein Vorrecht der Jugend, Tabus und Regeln zu brechen? Die Pädagogen sollten sich den Aufklärer Lessing zu Herzen nehmen, der in seiner *Erziehung des Menschengeschlechts* fordert, daß der Mensch lernen solle, das Gute zu tun, weil es das Gute ist – und nicht aus Angst vor Strafe und Krankheit.

Woraus schöpfen eigentlich Bürokraten, die gerade die Raucherecken wieder abschaffen – »... das Rauchen der Schüler war zu einem Grundrecht geworden – die juvenile Wiederkehr einer alten Forderung der Revolution von 1848 ...« (FAZ, 13. 1. 2005) – und damit die jüngeren Schüler zum Rauchen wieder aufs Klo verbannen (Oberstufenschüler sind ja heutzutage volljährig und rauchen vor dem Schultor auf der Straße), ihre Hoffnung, dieses restaurative Vorgehen könnte heute bessere Ergebnisse zeitigen als damals? Sucht lasse sich nicht per Gesetz verbieten, meint sogar ein Mitglied der Projektgruppe »Rauchfrei durch die Schule«.

Da stehen sie nun an jedem Schultag auf dem Bürgersteig: Gruppen rauchender Schüler und Lehrer, die man wie Aussätzige aus ihrer Schule verbannt hat. »Jetzt steht die ganze Schule halt vor der Tür, der Schulhof ist leer«, zitiert die *Frankfurter Allgemeine Zeitung* eine betroffene Schülerin zu den Folgen des Rauchverbots. Zum Verdruß der Anwohner produzieren die zum Rauchen auf der Straße verurteilten Lehrer und Schüler (die FAZ spricht von einer Kulturrevolution) Unmengen von Kippen und behindern die Fußgänger. Es hat bereits Bürgerproteste gegeben. Zudem haben die Pädagogen Mühe mit der Pausenaufsicht, wenn Schüler das Schulgelände nicht verlassen dürfen. Es sei ein *Nachlaufspiel* entstanden, äußert ein Schulleiter. Auch kämen Schüler, die auf der Straße rauchen, häufig zu spät in den Unterricht zurück.

Was will man nun machen? Das Rauchen auf der Straße verbieten? Diese Überlegung ist leider weniger aus der Luft gegriffen, als man glauben mag, denn es hat auch dieses Verbot schon gegeben in diesem Land, vor 1848. Neuerdings geistert die Nachricht durch die Medien, es gebe Überlegungen in der Politik, das Rauchen beim Autofahren zu verbieten. Wegen der Sicherheit, heißt es. Dabei wird doch viel eher ein Raucher, der beim Fahren *nicht* rauchen darf, zum Sicherheitsrisiko, weil er nervös wird und unkonzentriert fährt. Außerdem hält das Rauchen auf langen Strecken wach. Und folgte man dem Argument, Rauchen am Steuer sei verkehrsgefährdend, was ist dann mit Essen und Trinken während des Fahrens? Was mit der Bedienung von Radio und Navigator?

Apropos: Kürzlich wurde im Fernsehen der Kinoklassiker *Ein Mann und eine Frau* von Claude Lelouche wiederholt. Der Hauptdarsteller Jean-Louis Trintignant spielt einen Rennfahrer (!), der in der Nacht ohne Pause von Monte Carlo, wo er gerade die Rallye gewonnen hat, nach Deauville zu der Frau fährt, die er liebt. Dabei raucht er permanent, und ich frage mich, ob er diese Fahrt auch ohne zu rauchen durchgehalten hätte, und falls nicht, was das für diese Liebe bedeutet hätte ... Ich frage mich außerdem, ob die Verbotsstrategie einer fanatischen Nichtraucherlobby nicht jede Lebenslust im Keim erstickt. Noch etwas: Um Zeit zu sparen, rasiert sich Trintignant sogar während des Fahrens!

Davon abgesehen, daß man mit Verboten keine Nichtraucher macht – sind Verbote nicht geradezu kontraproduktiv? Kann es gerade für Kids etwas Spannenderes geben als ein Objekt der Begierde aus der Welt der Erwachsenen, tabuisiert und verbotsumwittert? Die *Frankfurter Allgemeine Zeitung* zitiert eine weitere Schülerin: »Es war toll, was Verbotenes gemeinsam zu machen.«

Ich jedenfalls habe in einem Klima von Verbot und Strafe angefangen zu rauchen – und das, obwohl ich in einem rauchfreien Elternhaus aufgewachsen bin.

Ich wurde frühzeitig über die Folgen des Rauchens aufgeklärt. Mein Vater war Chemiker. Bei uns zu Hause standen nicht einmal Aschenbecher in den Zimmern. Ich glaube, es gab nur einen einzigen im Haus, der jedes Mal aus dem Schrank geholt wurde, wenn ein Raucher zu Besuch kam. Mein Vater stammte aus einem Land, in dem Gastfreundschaft ein ungeschriebenes Gesetz ist. Demzufolge wurden Gäste niemals zum Rauchen in den Garten geschickt. Aber weder meinen Vater noch meine Mutter habe ich jemals rauchen sehen.

Bedingungen also, von denen militante Nichtraucher heute träumen: Schule und Elternhaus – eine rauchfreie Zone.

Um meine Erziehung von einer Sekunde auf die andere über Bord zu werfen, bedurfte es lediglich eines coolen Typen, der plötzlich aufgetaucht war. Mit einer Frisur wie die der Beatles, schwarzem Cordanzug und einem Motorrad trug er so etwas wie Lifestyle in unser Provinzgymnasium und war von Stund an der Schwarm aller Mädchen und das Vorbild aller Jungen. Und natürlich rauchte er. Die coolsten Typen rauchen immer.

Der Mechanismus, der erklärt, warum er bei uns einschlug wie eine Granate, ist im Prinzip derselbe, den Mark Twain der Wirkung seines Huckleberry Finn zugrunde legt. Huckleberry, Raucher und Mütterschreck, wird deshalb verehrt und bewundert, weil er keinerlei Verbote respektiert. Seine Beliebtheit wird noch dadurch gesteigert, daß den ›anständigen‹ Jugendlichen im Ort der Umgang mit ihm streng untersagt ist. So ist auch Tom Sawyer – stets damit beschäftigt, Verbote aller Art zu umgehen – gerade deshalb so oft wie möglich mit ihm zusammen. Vermutlich wird es diese Typen, die rigide Erziehungsmethoden kraft ihres Charismas ad absurdum führen, immer geben.

Ich jedenfalls war die Auserwählte, der unser neuer Held eine Zigarette anbot, atemberaubend lässig, und ich nahm sie natürlich, ebenso lässig. Hätte ich zugeben sollen, daß ich nicht rauchte, weil es verboten oder ungesund ist? Das taten nur langweilige blasse Streber. Zu denen wollte ich natürlich nicht gehören. Und wer hängt schon mit fünfzehn an einer solch selbstverständlichen Sache wie dem Leben? Überflüssig zu erwähnen, daß ich verliebt war.

Diese erste Zigarette werde ich nie vergessen. Es war eine Stuyvesant, etwas zerknittert, weil mein Schwarm seine Zigaretten immer in seiner hinteren Jeanstasche aufbewahrte. Damals gab es noch keine Hardbox. Die Zigarettenpackungen waren aus Papier und fühlten sich glatt und weich an. Für mich behielten sie immer ein Flair von Erotik, und ich habe die Veränderung dieser Verpackung sehr bedauert.

Die Sommerferien dieses aufregenden Jahres verbrachte ich in England, dem Land der Beatles und der Pubs. Näher am Puls der Zeit als in London konnte man nirgendwo sein. Während in deutschen Köpfen noch nationalsozialistische Sprüche waberten, wie ›eine deutsche Frau raucht nicht‹ (Hitler war ein militanter Nichtraucher), rauchten in London die Frauen sogar auf der Straße. Auch in Londons Kinos wurde geraucht.

Tatsächlich war England die Wiege des Rauchens in Europa. Bis dahin war der Tabak in Europa ausschließlich zu medizinischen Zwecken in Gebrauch, geraucht wurde er noch nicht. (Ein französischer Gesandter namens Jean Nicot lernte die Pflanze 1550 in Lissabon, der damaligen Handelsmetropole, kennen und hörte von ihrer Heilkraft. Sowohl die Bezeichnung Nicotiana, unter der sie noch heute in der Medizin verwendet wird, als auch der Name ihres Wirkstoffs Nikotin gehen auf ihn zurück.)

Nun ist die Geschichte des Rauchens gleichzeitig eine Geschichte des Rauchverbots. Überall, wo die Sitte des Rauchens

Einzug hielt, wurde sie bald darauf bekämpft. So auch in England, nachdem englische Kolonisten 1586 Pfeife rauchend zurückkamen und das Rauchen Mode wurde. »Der elegante junge Mann zeichnete sich dadurch besonders aus, daß er zu rauchen verstand«, schreibt Egon Caesar Conte Corti in seiner *Geschichte des Rauchens.* »Dies wurde in eine Linie mit Tanzen, Reiten, Jagen und Kartenspiel gestellt ...« Das paßte dem englischen König Jacob I. nicht. Er hatte den Ruf eines pedantischen, verbohrten Schulmeisters und verfaßte eine Streitschrift gegen die Unsitte des Rauchens. Dort heißt es unter anderem:

> »Legt also, liebe Mitbürger, endlich diese Tollheit ab, die aus der Schande erwuchs, vom Irrtum empfangen und von der Torheit benutzt ward: eine Tollheit, durch die der Zorn der Gottheit entflammt, die Gesundheit des Körpers geschwächt, das Vermögen angetastet wird, durch die die Würde der Nation in der Heimat dahinschwindet und in der Öffentlichkeit feil wird; eine Sache, die schändlich anzusehen, dem Geruch nach ekelhaft, für das Hirn schädlich, für die Lunge nachteilig ist und die, wenn man so sagen darf, durch die Dünste des schwarzen Rauches den Höllenbrodem am leibhaftigsten versinnlicht.«

Diese vierhundert Jahre alte Schrift könnte die Verfasser der Warnhinweise auf unseren Zigarettenpäckchen inspirieren – in ihrer Wirkung war sie ebenso erfolglos. Das ärgerte den König, und er versuchte die Tabaksteuer zu erhöhen, um seinen Untertanen das Rauchen zu vermiesen. Auch diese Maßnahme mutet sehr modern an, allerdings hat das Parlament damals nicht zugestimmt. Hätten unsere Politiker ebenso gehandelt, wäre ihnen erspart geblieben, daß nun der Schwarzmarkt blüht und die Steuereinnahmen sinken.

Während meines Englandaufenthaltes war jedenfalls vom Geiste Jacobs I. nichts mehr zu spüren, und niemand hätte sich damals vorstellen können, daß der Kampf gegen das Rauchen eine Renaissance erleben würde.

Auch hierzulande kündigte sich mit dem Heranrollen der Protestwelle eine Liberalisierung der Gesellschaft an, in deren Zuge auch das Rauchverbot an Schulen kippen sollte.

Vorerst rauchten wir entgegen aller Verbote weiter. Meine Freunde rauchten inzwischen. Die ersten Joints machten die Runde. Wir lasen Kerouacs *On the Road* und Sagans *Bonjour Tristesse*, wo Alkohol und Zigaretten zu einem freien Lebensstil gehören. Wir identifizierten uns mit der jungen Cecile, die gegen das Ordnungsprinzip rebelliert, das in der Person einer sehr bürgerlichen Freundin ihres Vaters in ihr freizügiges Bohèmeleben einbricht und unter anderem das Rauchen bei Tisch zwischen den Gängen verbietet. Ein Anschlag auf das *Savoir-vivre*, im Roman wie oft im täglichen Leben von Leuten verübt, die offenbar in Ermangelung anderer Genüsse Befriedigung im Ausüben von Macht finden. Ich habe selbst mehrfach erlebt, wie es dieser Spezies nach erreichtem Ziel, die Raucher in Nebenräume zu verbannen, plötzlich ihres Lieblingsfeindes beraubt, so langweilig wurde, daß sie sich wieder zu den Rauchern gesellte, ohne daß der Rauch sie zu stören schien.

Man schrieb das Jahr 1967.

An den Universitäten wurde gestreikt. Ich arbeitete damals bei einer großen Buchhandelskette, und viele meiner Kollegen waren Studenten, lasen Marx und diskutierten über die Veränderung der Gesellschaft und die Überkommenheit bürgerlicher Normen. Beinahe alle Leute, die ich traf, rauchten. Es herrschte Aufbruchstimmung. Die Gesellschaft bewegten existentiell relevante Themen.

Insofern ist diese Zeit mit den fünfziger Jahren vergleichbar, für die Ludwig Erhard mit seiner dicken Zigarre steht, als

Sinnbild für Erfolg und Wirtschaftswunder. Wie hoffnungslos frustriert muß eine Nation sein, die sich mit Dosenpfand und Rauchverbot beschäftigt! Das Schlimme an einer solchen Fokussierung des Bewußtseins auf Nebenschauplätze ist, daß sie die Beschäftigung mit den tatsächlich anstehenden Problemen verhindert. In schlechten Zeiten hatten Glaubensfanatiker aller Art schon immer Hochkonjunktur.

Für die verbotsgeplagten Raucher meiner Generation brachen 1967 paradiesische Zeiten an. Überall durfte geraucht werden. In Talkshows rauchten sowohl Moderatoren als auch Gäste. Vielleicht ging es dort deshalb anspruchsvoller und interessanter zu als in den Talkrunden von heute, denn es gilt als wissenschaftlich erwiesen, daß das Nikotin die Leistungsfähigkeit des Gehirns steigert.

Kreativen Zeitgenossen ist dieser Zusammenhang offenbar präsent. So stattet der Comiczeichner Volker Reiche seinen Strizz mit einer Pfeife aus, als dieser beschließt, Schriftsteller zu werden. Auch die Fielmann-Werbung im Fernsehen spielt auf die Allianz von Intelligenzleistung und Tabak an. Die Szene ist eindeutig Chandler oder Hammett entlehnt: Eine wunderschöne Frau betritt das Büro eines Detektivs, der raucht und aussieht wie Philip Marlowe oder Sam Spade. Sie sagt, sie konsultiere ihn, weil er der beste sei, um herauszufinden, ob es irgendwo eine günstigere Brille gebe als bei Fielmann ... Diese Besten rauchen auch noch, wenn die Zigaretten demnächst aus der Werbung verschwunden sind.

Für mich persönlich war die Zeit des allgemeinen Aufbruchs auch eine Zeit der Trauer. Mein Freund starb bei einem Motorradunfall; meine erste Liebe, in der Erinnerung immer auch mit der ersten Zigarette verbunden, war plötzlich zu Ende. Die Zigaretten sind mir geblieben. Ich habe deshalb das Zitat aus Connie Palmens *In Memoriam* als Motto für dieses Buch gewählt. Das Rauchen wurde eine Freundschaft ohne Freund. Die Zigarette war ein Halt, sie hat mich nie verlassen, und sie konnte nicht sterben. Das begründete die Sucht. Das

Rauchen hat mich in meinem Kummer getröstet, es hat Glücksmomente intensiviert, hat mich durchs Studium begleitet und beim Schreiben inspiriert. Die Zigarette war eine wunderbare Freundin – bis mir bewußt wurde, welche Macht sie über mich hatte. Doch bis dahin sollten noch viele Jahre vergehen.

Auch die Politiker rauchten damals öffentlich. Was für Erhards Image die Zigarre war, war bei Wehner die Pfeife. Auch Willi Brandt rauchte. Altbundeskanzler Schmidt raucht heute noch. Sogar im Fernsehen. Vom Moderator darauf angesprochen, äußerte Schmidt, er rauche seit 70 Jahren, und er rauche überall, selbst im amerikanischen Fernsehen.

Ob er deswegen keinen Ärger bekomme, wollte der Moderator wissen. Doch, er bekomme böse Briefe, antwortete Schmidt, aber damit lebe er. Er machte keinen Hehl aus seiner Meinung über die Wirkung von Rauchverboten. Er nannte als Beispiel die Prohibition, die den Alkohol auch nicht besiegt hat. Schmidt meinte, es sei immer geraucht worden und es werde immer geraucht werden. Schließlich fand der Moderator den Mut, sich im Schutz dieses großen Mannes auch eine Zigarette anzuzünden.

Natürlich rauchen Politiker und Moderatoren nach wie vor, aber nur noch hinter der Kamera. Glaubt denn wirklich jemand ernsthaft, Leute rauchen oder rauchen nicht, weil das Fernsehen es ihnen vormacht? Die Glaubensfanatiker in Sachen Nichtrauchen schrecken, wie es scheint, vor nichts zurück. In der Fernsehserie *Das Kanzleramt* macht der Bundeskanzler den Kampf gegen das Rauchen zur Chefsache. Das geht selbst als Fiktion etwas weit, finde ich, denn Bundeskanzler haben andere Aufgaben zu erfüllen. »Wer sich zuviel mit kleinen Dingen abgibt, wird gewöhnlich unfähig zu großen«, heißt es bei La Rochefoucauld, einem französischen Moralisten. Zum Glück weiß jedes Kind im Land, daß Gerhard Schröder Zigarren raucht.

Während meines Studiums gehörte die Zigarette zum Alltag. Professoren rauchten, Studenten rauchten in den Lehrveranstaltungen. In allen Kneipen rund um den Campus wurde geraucht und auf dem Campus natürlich auch.

Ich erinnere mich an eine Episode, die sich während meines mündlichen Examens ereignete. Die Prüfung fand im Raum des Beiprüfers statt, einem fachfremden, objektiven Dritten, der protokollierte und darauf zu achten hatte, daß alles ordnungsgemäß ablief. Der Raum war klein, und der Beiprüfer, aus meiner heutigen Sicht ein schüchterner junger Mann, seines Zeichens Sonderschulpädagoge und Nichtraucher, hatte darum gebeten, daß während der Prüfung nicht geraucht wurde. Natürlich hielten sich alle daran, man konnte ja nach jedem Prüfungsabschnitt auf dem Flur rauchen. Ich bin übrigens nie einem Raucher begegnet, der so wenig Lebensart besessen hätte, einer solchen Bitte nicht zu entsprechen. Prosper Mérimée, der Autor der Novelle *Carmen*, beschreibt die Rücksichtnahme des Rauchers gegenüber Nichtrauchern (besonders Damen) als *französische Höflichkeit*. Als sein Ich-Erzähler, eine Zigarre rauchend, zum ersten Mal Carmen begegnet, wirft er die Zigarre sofort weg:

> »Sie begriff diese Geste echt französischer Höflichkeit und beeilte sich, mir zu sagen, daß sie den Geruch des Tabaks sehr gern habe und daß sie sogar rauche, wenn sie ganz milde papelitos finde. Zum Glück hatte ich welche in meinem Etui und beeilte mich, ihr davon anzubieten. Sie geruhte eine zu nehmen [...]. Unseren Rauch vermischend, plauderten wir ...«

Bei meiner letzten Prüfung – ich wurde von einem älteren, recht bekannten Ordinarius über Foucaults *Sexualität und Wahrheit* befragt – passierte es, daß sich ein angeregtes Gespräch entwickelte. Die reguläre Prüfungszeit war längst überschritten, als der Professor seine Pfeife hervorholte, sie gemütlich stopfte und anzündete. Ich zündete mir ganz automatisch eine Zigarette an, und rauchend unterhielten wir uns noch eine ganze Weile (man könnte sagen: »unseren Rauch vermischend«). Ob der Beiprüfer aus hierarchischen Gründen nicht eingeschritten ist oder ob ihn die Intimität zweier Raucher in ihren Bann gezogen hat, weiß ich nicht. Er hat mir jedenfalls hinterher gratuliert und gesagt, er habe noch nie einer so schönen Prüfung beigewohnt.

Das gemeinsame Rauchen war schon immer eine Geste der Freundschaft. Addison schildert im Jahr 1714 folgendes Erlebnis:

> »Gestern war ich in einem Kaffeehaus unweit der königlichen Börse. Dort saßen drei Gentlemen und rauchten ihre Pfeifen. Ich stopfte mir auch eine, entzündete sie an der Wachskerze, die vor ihnen stand, und wurde eingeladen, mich zu ihnen zu setzen. Wenn man seine Pfeife an der gemeinsamen Kerze anzündet, gilt es als Auftakt zur Unterhaltung und zur Freundschaft.«

1845 schreibt Mérimée in seiner Novelle:

> »In Spanien stiftet das Geben und Nehmen einer Zigarre gastfreundliche Beziehungen wie im Orient das Teilen von Brot und Salz«, und weiter – nachdem sein Ich-Erzähler den Verdacht geäußert hat, bei dem Fremden, dem er eine Havanna angeboten hatte, handele es sich um einen Räuber: »Ich kannte den Charakter der Spanier genügend, um sicher zu sein, daß ich nichts von einem Mann zu fürchten brauchte, der mit mir gegessen und geraucht hatte.«

Meinem Mann und mir ist in Spanien – besonders in Tapas-Lokalen – häufig die Sitte begegnet, daß wir von einheimischen Gästen um eine Zigarette gebeten wurden. Es handelte sich nicht um Schnorrertum, sondern um ein Signal, mit uns in ein freundschaftliches Gespräch kommen zu wollen. Während der Unterhaltung boten sie uns ihrerseits Zigaretten an.

Es war genau das vertrauenstiftende Ritual, das Mérimée beschreibt, wenn Carmen »geruht«, eine Zigarette zu nehmen. Zusammen-eine-Zigarette-rauchen ist noch immer ein Ausdruck von Freundschaft. Gemeinsames Rauchen steht ja in der Tradition des Rauchens als Kulthandlung und ist vergleichbar dem Rauchen einer Friedenspfeife. Mein Professor wurde übrigens später Leiter des Instituts für Friedensforschung.

Ich kann nicht mehr genau sagen, wann ich realisierte, daß ich süchtig war. Vielleicht, als ich immer häufiger nachts zur Tankstelle fahren mußte, weil mir die Zigaretten ausgegangen waren. Allein der Gedanke, morgens könnten keine Zigaretten im Haus sein, verursachte mir Panik. Arbeiten ohne zu rauchen war unmöglich – kurz: Leben ohne zu rauchen war unmöglich. Ich war ein Junkie, süchtig nach zwei Päckchen Zigaretten am Tag – und das störte mich. Es störte mich wie zuvor das Verbot. Beides hatte mich entmündigt. Das einstige Symbol der Freiheit, diese wunderbare Freundin, hatte mich unfrei gemacht. Ich beschloß, mich aus ihrer Sklaverei zu befreien und mit dem Rauchen aufzuhören.

Ich machte es wie alle, die diesen Entschluß fassen: Ich hörte von einem auf den anderen Tag auf. Es war die Hölle.

Nicht der physische Entzug ist das Problem bei dieser Droge. Die paar körperlichen Sensationen, ein bißchen Schwindel, ein bißchen schwitzen, ein bißchen frieren, verkraftet jeder halbwegs stabile Organismus. Notfalls gibt es dagegen Hilfsmittel aus der Apotheke, Nikotinpflaster und Kaugummi, homöopathisches Nicotiana tabacum. Das Problem ist die Psyche des leidenschaftlichen Rauchers. Dagegen gibt es keine Mittelchen zu kaufen.

Die psychische Abhängigkeit eines Rauchers wird von Wissenschaftlern inzwischen mit der psychischen Abhängigkeit eines Heroinsüchtigen verglichen. Die Abhängigkeit ist um so stärker, je intensiver sich mit der Droge ein positives Lebensgefühl verbindet. Dieses Gefühl, am treffendsten vielleicht mit einem tiefen Glücksgefühl beschreibbar, wird im Gehirn des Süchtigen gespeichert, gleich einer Information auf der Festplatte, und läßt sich weder löschen noch durch eine andere Erfahrung ersetzen. So wird die hohe Rückfallquote sowohl nach dem Nikotin- als auch nach dem Heroinentzug erklärbar.

Jean-Paul Sartre, Begründer des Existentialismus und Weggefährte von Camus, Genet, Cocteau und Picasso, Namen, bei denen einem sofort die verrauchten Keller und Cafés von Saint-Germain-des-Prés einfallen, hat einmal gesagt, das Rauchen sei die Würze aller Dinge des Lebens. So habe ich es auch stets empfunden, und so empfinden es wohl alle leidenschaftlichen Raucher.

Daß Rauchen und Erotik etwas miteinander zu tun haben, weiß man spätestens seit dem Erotik-Thriller *Basic Instinct*. Die Zigarette ist der Katalysator in der Beziehung zwischen Detective Nick alias Michael Douglas, der in dem Film gerade das Rauchen aufgegeben hat, und einer mordverdächtigen Schriftstellerin, dargestellt von Sharon Stone, die (natürlich) raucht. Außerdem hat die Zigarette eine allegorische Funktion, insofern als sie für den aussichtslosen Kampf steht, den Nick gegen die sexuellen Avancen der Schriftstellerin führt und verliert – nachdem er wieder angefangen hat zu rauchen. Die Lust, zu rauchen, und die Lust, mit ihr zu schlafen, werden identisch, sein Widerstand in doppelter Hinsicht gebrochen. Auf der Fahrt zum Verhör findet ein Dialog statt, bei dem sie ihn provoziert (er hat sie beim Umziehen beobachtet und weiß, daß sie keine Unterwäsche trägt). Sie sprechen über das Rauchen, zugleich ist es ein Gespräch über Sex.

Sie: »Haben Sie ’ne Zigarette?«

Er: »Ich rauche nicht.«

Sie: »Doch, natürlich.«

Er: »Habe aufgehört.«

Sie: »Na, herzlichen Glückwunsch.«

Sie zündet sich eine von ihren eigenen Zigaretten an und fängt im Rückspiegel seinen begehrlichen Blick auf, der sowohl ihr als auch der Zigarette gelten kann.

Sie: »Möchten Sie eine?«

Er: »Ich sage doch, ich habe aufgehört.«

Sie: »Halten Sie nicht durch.«

Sie behält recht.

Auch in dem Verhör hat die Zigarette eine zentrale Bedeutung. In dem Gebäude, in dem es stattfindet, ist Rauchen verboten (wir sind in Kalifornien). Sharon Stone raucht trotzdem. Sie öffnet die Schenkel gerade so weit, daß die Männer, die sie verhören, sehen können, daß sie keinen Slip anhat. »Was wollen Sie jetzt tun«, fragt sie spöttisch die geile Männerriege, »mich wegen Rauchens einsperren?« Diesen Satz wiederholt der Detective, als er später selbst verhört wird und sich während des Verhörs eine Zigarette anzündet. Das Rauchen entgegen der Vorschrift, das folgenlos bleibt, symbolisiert hier die Absurdität des Verbots und die Lächerlichkeit eines bürokratischen Apparates, der, was seine eigentliche Aufgabe angeht, nämlich die Aufklärung eines Verbrechens, auf dem Holzweg ist.

Daß Michael Douglas im Film wieder anfangen wird zu rauchen, zeichnet sich frühzeitig ab. Von der Polizeipsychologin über seine Lebensführung befragt, betont er: »Ich habe sogar aufgehört zu rauchen.«

Sie: »Wie ist das, nicht mehr zu rauchen?«

Er: »Zum Kotzen.«

Das fand ich auch – und wurde nach ein paar Monaten rückfällig.

Von Mark Twain ist das Bonmot überliefert: »Das Rauchen abgewöhnen? Nichts einfacher als das. Ich muß es schließlich wissen, denn ich habe es schon tausendmal getan.«

So erging es mir fortan auch. Ich probierte es auf alle möglichen Arten, und es endete immer gleich: Das Gebot *Du darfst nie mehr rauchen* erfüllte mich mit lähmender Tristesse. An die Stelle des Diktats der Sucht trat das Diktat des radikalen Verbots. Ich fühlte mich so unfrei wie zuvor – und schlimmer. Was nützte mir ein Nikotinpflaster, wenn ich in fröhlicher Runde mit fröhlichen Menschen rauchen wollte? Und sollte ich mir nach dem Essen, wenn sich alle ihre Zigarette anzündeten, einen Kaugummi in den Mund stecken? Ich bin auch dem Rat gefolgt, immer wenn mich die Lust, zu rauchen, überkam, ein Bonbon zu lutschen. Es war deprimierend, und es half nicht. An effizientes Arbeiten war nicht zu denken – ich war voll und ganz mit Nichtrauchen beschäftigt. Nachts rauchte ich im Traum und wachte schweißgebadet auf.

Ich fühlte mich elend, und ich sah auch so aus. »Ich habe aufgehört zu rauchen«, erklärte ich jedem, der es hören wollte. Die Nichtraucher lächelten milde und sagten: »Das ist schön.« Und die Raucher zuckten verständnislos die Achseln und fragten: »Warum rauchst du nicht einfach wieder, wenn es dir so schlecht geht?« Zu allem Unglück kam ich mir auch noch unverstanden vor, und zwar von beiden Lagern. Wobei mir die prosaische Reaktion der Raucher sympathischer war. Die der Nichtraucher hatte so etwas von Gnade gegenüber dem reuigen Sünder.

Als ganzer Mensch fühlte ich mich erst, nachdem ich endlich wieder angefangen hatte zu rauchen – trotz des Makels des Scheiterns. Ich hatte ja mit aller Kraft versucht, ein Nichtraucher zu werden. Sogar mit Hilfe eines Therapeuten.

Es war damals nicht leicht, einen Therapieplatz zu bekommen. Psychotherapie war unter Intellektuellen groß in Mode. Wer etwas auf sich hielt, hatte einen Therapeuten. Die Praxen waren ausgebucht.

Mit Hilfe eines Freundes gelang es mir, einen Termin für ein Erstgespräch zu ergattern. Die Praxis lag im vornehmen Frankfurter Westend. Der Therapeut war klein und dick. Auf seinem Schreibtisch herrschte ein ziemliches Chaos, das von einer aufgerissenen Tafel Schokolade gekrönt wurde, die er wohl wegzuräumen vergessen hatte. Der zu dicke Mann fühlte sich von mir offenbar beim Naschen ertappt. Er wurde rot und verdeckte die Tafel mit einem Notizblock. Die Gesprächssituation blieb während der ganzen fünfundvierzig Minuten verklemmt. Wie sollte mir ein Therapeut, der so wenig souverän mit seinen eigenen Problemen umging, bei meinem Problem helfen? Grundsätzlich gibt es keinen Unterschied zwischen Freßsucht und Nikotinsucht. Der verunsicherte Therapeut sah das wohl ähnlich und empfahl mir eine Kollegin. Diese Empfehlung kostete hundertfünfzig Mark.

Bei der Kollegin erlebte ich für immerhin hundert Mark ein Kontrastprogramm, insofern als sie groß und dünn war und vom Rauchen gelbe Finger hatte. Sie stufte mich demzufolge auch nicht als therapiebedürftig ein, schlug mir aber ein non-direktives Gespräch über viele Sitzungen vor – soll heißen: Ich rede, und sie schweigt für viele hundert Mark –, um möglicherweise den verborgenen tatsächlichen Grund für mein Bedürfnis nach einer Therapie herauszufinden. Sie hat sich vermutlich nicht mit den französischen Moralisten beschäftigt. Théodore Jouffroy sagt: »Denn die Empfindungen, die die Bedürfnisse des Körpers in ihr [gemeint ist die Seele] erregen, sind anstrengend und schaden ihrem eigenen Zweck; deswegen wünscht sie, sie zu entfernen; deshalb will sie, was sie sonst nicht wollen würde.« Ich beschloß daraufhin, das Geld zu sparen, und kehrte der Therapeutenzunft den Rükken. Auf dem Nachhauseweg kaufte ich mir ein Päckchen Zigaretten.

Natürlich kratzten die Rückfälle an meinem Selbstwertgefühl. Immerhin gab es Menschen, die es schafften, dauerhaft mit dem Rauchen aufzuhören. Allerdings gab es auch solche, die es nicht schafften. Sogar der große Sigmund Freud, mit allen Nischen und Winkeln der Seele vertraut, hat fast sein ganzes Leben hindurch vergeblich gegen seine Nikotinsucht angekämpft. Und dann gab es Zeitgenossen, rauchend mit sich und ihrem Laster im Einklang, die wollten gar nicht aufhören. Und mit der Zeit, nach etlichen Niederlagen, entwickelte ich, entsprechend der jeweiligen Phase, in der ich mich gerade befand, den Mechanismus, stets die passenden Argumente parat zu haben.

Da war zum Beispiel der Aspekt der Gesundheit. Nichtraucher leben gesünder und damit länger, heißt es. Aber stimmt das, so rigoros und ausschließlich behauptet, eigentlich wirklich? In meinem Bekannten- und Freundeskreis sind gerade einige Nichtraucher sehr früh an sogenannten typischen Raucherkrankheiten gestorben, ohne daß in ihrem unmittelbaren Umfeld jemand geraucht hätte. Friedrich Torberg hat seinen berühmten Essay über das Rauchen *Auch Nichtraucher müssen sterben* genannt. Ich möchte hinzufügen: und leider manchmal früher als Raucher. Zufall, könnte man sagen – gewiß, jedoch gibt es Statistiken, die besagen, daß beispielsweise ein kettenrauchender erfolgreicher Broker in der Park Avenue eine durchschnittlich höhere Lebenserwartung hat als ein arbeitsloser farbiger Nichtraucher in der Bronx. Soll heißen: Psyche und soziale Verankerung eines Menschen haben einen sehr großen Einfluß auf Krankheiten und physische Reaktionen – und natürlich die Veranlagung in den Genen, die er mitbekommen hat. Es ist also unseriös, pauschale Behauptungen aufzustellen, wie sie zum Teil als Warnhinweise auf Verpackungen von Tabakwaren auftauchen. Davon abgesehen, daß aufgrund dieser Aufdrucke wohl noch niemand aufgehört hat zu rauchen (hier greift das Churchill-Zitat), dürfte es zur Glaubwürdigkeit der Politik beitragen, wenn sich der

Gesetzgeber auf den Konjunktiv beschränken würde. In Ordnung ist zum Beispiel der Hinweis *Rauchen kann tödlich sein*, dagegen sind Behauptungen wie *Rauchen verursacht tödlichen Lungenkrebs* und *Raucher sterben früher* in der Verallgemeinerung unzutreffend. Schließlich waren und sind viele prominente Hundertjährige Raucher. Ernst Jünger gehört dazu und Johannes Heesters. Eine alte Dame in Arles, mit ihren über 120 Jahren die wohl älteste Bürgerin Frankreichs, hat bis zu ihrem Tod noch jeden Tag zwei Zigaretten geraucht. Hinzu kommt, daß den Leuten mit solchen Aufschriften suggeriert wird, Nichtrauchen könne sie vor einem bösen Schicksal bewahren.

Die Geschichte der Bekämpfung des Rauchens ist immer auch eine Geschichte der Heuchelei. Auf einer Zigarettenpakkung lese ich: *Rauch enthält Benzol, Nitrosamine, Formaldehyd und Blausäure.* Da kann doch etwas nicht mit rechten Dingen zugehen. Es ist erlaubt, mit Chemikalien und Suchtstoffen verunreinigten Tabak herzustellen und mit einer hohen Steuer belegt zu verkaufen, während man gleichzeitig den Konsumenten vor dem Produkt warnt und ihn in der Öffentlichkeit diffamiert. Wenn es der Politik tatsächlich um die Gesundheit der Bürger ginge, würde sie entweder der Zigarettenindustrie untersagen, ein derart vergiftetes Produkt auf den Markt zu bringen, oder das Rauchen grundsätzlich verbieten. Damit würde zwar etwa ein Drittel der Deutschen kriminalisiert (der Schwarzmarkt blüht ja, wie gesagt, bereits wegen des hohen Preisanstiegs), aber es wäre konsequent. Oder aber sie würde ehrlich sagen, was sie am liebsten hätte: Die Leute sollen die Zigaretten zwar kaufen, aber nicht rauchen.

Der französische Staatsminister Talleyrand hat es seinerzeit auf die Beschwerden der Tabakfeinde hin so formuliert:

> »Rauchen und Schnupfen sind zwei Untugenden, gegen die ich energisch einschreiten werde, sobald Sie mir statt dessen zwei Tugenden nennen, die der Staatskasse 120 Millionen Francs einbringen.«

Die Auswirkungen des Rauchens auf die physische Gesundheit waren nie mein Problem gewesen. Schließlich ist das ganze Leben voll von gesundheitlichen Risiken. Sie lauern im Fleisch, in der Milch und in den Eiern. Obst und Gemüse sind durch Chemikalien verseucht, Städter haben Benzol im Blut, auch ohne zu rauchen, Kosmetika enthalten karzinogene Stoffe, von der Sonne bekommt man Krebs, vom Sex Aids, und viele Leute, die brav ins Fitneßstudio gehen, haben bereits in jungen Jahren Bandscheibenvorfall. Man kann die Reihe noch weiter fortsetzen: Vom Alkohol wird man krank, ebenso vom Fett, vom Zucker, vom Mehl und, und, und ... Diejenigen, die wirklich gesund leben wollen, haben ziemlich schlechte Karten. »Leben ist eben lebensgefährlich«, sagt schon Kurt Tucholsky.

Ich fühlte mich jedenfalls wohl, wenn ich rauchte. Es ging mir so wie dem *HB-Männchen*. Die nicht mehr jungen Leser werden sich noch an diese Figur erinnern, sie erschien immer in der Kinowerbung. Das HB-Männchen scheiterte stets an den alltäglichen Dingen des Lebens und geriet vor Wut und Verzweiflung außer sich. Da ertönte eine Stimme, die sagte: *Wer wird denn gleich in die Luft gehen? Greife lieber zur HB, dann geht alles wie von selbst* – und so geschah es dann auch.

Als der Gesundheitswahn über die Menschen kam, unterrichtete ich in der Erwachsenenbildung. (Inzwischen gibt es kluge Bücher von klugen Medizinern, die aus ihrer Praxis berichten, daß gerade die mit diesem Wahn – vermutlich ein Glaubensersatz in Ermangelung anderer Werte, Gesundheit als Lebensinhalt und Weltanschauung – verbundene Genußunfähigkeit krank macht.). Interessanterweise ergab sich regelmäßig die gleiche Situation: Soziale Kontakte, zum Teil langjährige Freundschaften zwischen Dozenten und Schülern entstanden immer unter den Rauchern. Mit ihnen unterhielt man sich in den Pausen bei einer Zigarette, mit ihnen ging man nach dem Unterricht noch ein Bier trinken. Bei ihnen waren die Lernerfolge am größten. Das gleiche habe ich als Studentin erlebt. Die Raucher gingen nach den Seminaren mit den Dozenten regelmäßig in die Kneipe, wo der Unterrichtsstoff noch einmal zwanglos vertieft wurde. Und auch der Lehrer am Gymnasium, bei dem am meisten gelernt und der von allen geliebt wurde, war Raucher. Er rauchte Zigarren, die man stets roch, bevor man ihn sah, denn er ließ es sich nicht nehmen, noch auf dem Weg in die Klassen zu rauchen. Vor dem Unterricht legte er die Zigarre auf dem Garderobenschrank im Gang ab, wo sie ausging, und nach dem Unterricht zündete er sie wieder an. Und wehe, sie lag nicht mehr an ihrem Platz. Was ein- oder zweimal vorkam. Dann bebte die Schule. An sogenannten Wandertagen fuhr er mit uns nach Frankreich, damit wir die französische Küche kennenlernten. Damals schwante mir bereits, daß Raucher Lebensart haben.

Das Schlimme an den Gesundheitsaposteln ist ja nicht, daß sie nicht rauchen – das Schlimme ist, sie sind so langweilig und verbissen. »Eine langweilige Krankheit, sich die Gesundheit nur durch eine allzu strenge Lebensweise zu erhalten!« sagt La Rochefoucauld, und er spricht mir aus der Seele. Es wundert mich nicht, daß Leute, die nicht rauchen, die nur Wasser trinken, für gewöhnlich vegetarisch leben und meistens auch noch einen Hygienetick haben, wenig amüsant sind. Sie haben ja auch wenig zu lachen. Dennoch sollte man verstehen, wie sie funktionieren, denn schließlich sind wir von ihnen umzingelt. Zu diesem Zweck möchte ich aus einer Glosse zitieren, obschon sie eigentlich nichts mit dem Rauchen zu tun hat. Sie beginnt mit der Frage:

> »Sie glauben also im Ernst, Sie könnten diesen warmen Sonntag jetzt einfach genießen, so ganz ohne Lebensberatung? Mein Gott, Sie haben ja gar keine Ahnung, welche Gefahren Ihnen drohen …«

Nun wird aufgezählt, wie sich bei diesem Wetter in der Küche Mikroben entwickeln, zum Beispiel an Tüchern und Schwämmen, und wie man sich an rohen Eiern und rohem Fleisch mit Krankheitserregern infizieren kann. Daher muß man sich und alle Geräte gründlich säubern, was darauf hinausläuft, daß der Gesundheitsapostel anfangen wird zu putzen, anstatt den schönen Tag zu genießen. Man kann die Geschichte so weiterspinnen, daß er am Ende aus Angst vor Krankheiten verpaßt haben wird zu leben.

Natürlich möchten solche Menschen nicht hören, daß sie trotz gesunder Lebensweise Krebs bekommen können (Muttermilch – auch die von Nichtraucherinnen – enthält 300 krebserregende Substanzen. Würde man ans Stillen denselben Maßstab anlegen wie ans Rauchen, müßte man es eigentlich ebenfalls verbieten). Für sie bietet sich der Raucher als Sündenbock an – passiv trinken kann man schließlich nicht. Mein Credo blieb, bei allen Versuchen, aufzuhören, das Rauchen – und die Literatur. Dort fand ich Rückhalt.

Betrachte ich den blinden Aktionismus, mit dem gegen Raucher vorgegangen wird, kommt mir der Gedanke, daß eines Tages vielleicht *Die Abenteuer des Tom Sawyer* und *Huckleberry Finns Abenteuer,* ungeachtet dessen, daß es sich bei diesen Werken um den Ursprung des ›amerikanischen Romans‹ handelt, unter die jugendgefährdenden Schriften eingereiht werden. Dann würde sicher auch Salingers *Der Fänger im Roggen* dazugehören ... Das wäre möglicherweise der Gesundheit, nicht aber der Bildung zuträglich. Auch wundert es mich, daß noch niemand auf die Idee gekommen ist, eine Kommission ins Leben zu rufen, die alle Textstellen, die sich in nicht abfälliger Weise mit dem Rauchen beschäftigen, eliminiert. Eine solche Kommission hätte über viele Jahre hinweg zu tun, denn die Literatur ist voll von Szenen, in denen geraucht wird. Das trifft natürlich auch auf den internationalen Film zu. Zwar würde man diese Werke verstümmeln, denn über den rauchenden Protagonisten wird viel an Sinn und Atmosphäre transportiert (wie beispielsweise an *Basic Instinct* dargestellt), und weniger geraucht würde deshalb unter den Lesern und Zuschauern auch nicht, aber den Fanatikern wäre Genüge getan. Aus USA, offenbar noch immer das Land der unbegrenzten Möglichkeiten – auch im Negativen –, das einmal für Unabhängigkeit und Freiheit stand, wurde neulich berichtet, daß der Chefredakteur von *Vanity Fair*, nachdem aufgrund einer Denunziation sein Büro – in dem Gebäude herrscht striktes Rauchverbot – von Polizisten durchsucht worden war, 400 Dollar Strafe zahlen mußte, weil man einen unbenutzten Aschenbecher gefunden hatte. Sein Kommentar lautete, daß in diesem Land etwas nicht stimmen könne, denn hätte man in seinem Büro eine geladene Waffe gefunden, hätte sich niemand aufgeregt. Hier hat die Kriminalisierung von Rauchern bereits stattgefunden. So wundert es nicht, daß Rauchen in einigen amerikanischen Firmen ein Grund zur Kündigung ist. Und zwar nicht nur das Rauchen im Betrieb, sondern auch außerhalb. Wer seinen Job behalten will, muß sich regelmäßigen Labortests unterziehen. Als pervers, obgleich dem Zeitgeist entsprechend folgerichtig, habe ich empfunden, daß es eine Nachricht wert ist, wenn die Chefredakteurin der *Vogue* in einem New Yorker Restaurant eine Party gegeben hat, auf der *geraucht* wurde. Es wurde keine Sex-Orgie gefeiert, es wurde nicht gekokst, und duelliert hat sich auch niemand, nein – es wurde geraucht, und zwar ordinärer Tabak!

In der Literatur wird ständig geraucht.
Die Zigarette oder Pfeife als Motor ihrer Inspiration und Kreativität hat zahlreiche Autoren zu leidenschaftlichen Rauchern werden lassen, die ihre Leidenschaft an ihre Helden weitergegeben haben. Namentlich in der Kriminalliteratur gehören Denken und Rauchen zusammen.

Ihr sicherlich berühmtester Vertreter ist Sir Arthur Conan Doyles Detektivfigur Sherlock Holmes, nicht vorstellbar ohne seinen Mitbewohner, Freund und Assistenten Dr. med. John H. Watson.

In dem Roman *Studie in Scharlachrot* schildert Watson, der Ich-Erzähler, seine erste Begegnung mit dem Detektiv, den jeder Liebhaber des Genres als Raucher einer Shag-Pfeife kennt. Die erste Frage, die sich bei der Überlegung stellt, ob Watson in die dem Leser vertraute Wohnung in der Baker Street mit einziehen soll, ist die nach den Rauchgewohnheiten.

»Sie stört doch, hoffe ich, nicht der Geruch von starkem Tabak?«, erkundigt sich Sherlock Holmes.

Darauf Watson: »Ich rauche selber mein eigenes Kraut.«

»Das ist beruhigend«, erklärt Holmes.

Hätte Watson etwas gegen das Rauchen einzuwenden gehabt, wäre aus der Allianz wahrscheinlich nichts geworden, denn der Detektiv benötigt den Tabak zur Stimulierung analytischer Höchstleistungen.

In dem Roman *Der Hund von Baskerville* beschreibt Dr. Watson die Arbeitsweise des Freundes:

> »Ich wußte, Abgeschlossenheit und Einsamkeit waren meinem Freund sehr notwendig in den Stunden der höchsten Konzentration, in denen er die Tatsachen nach ihrer Bedeutung bewertete, verschiedene Theorien gegeneinander abwog und sich darüber schlüssig wurde, was an einem Fall wichtig und was unwesentlich war. Ich verbrachte deshalb den Tag in meinem Klub und kehrte erst abends in die Baker Street zurück. Es war fast neun Uhr, als ich unser Wohnzimmer wieder betrat.
>
> Als ich die Tür öffnete, war mein erster Eindruck der, ein Feuer sei ausgebrochen, denn das Zimmer war so voller Rauch, daß kaum das Licht der Lampe durchdrang. Als ich im Zimmer war, erkannte ich aber, daß es nur der beißende Rauch starken Tabaks war, der mir in die Kehle

drang, so daß ich husten mußte. Durch den Dunst erkannte ich undeutlich die Gestalt meines Freundes, der mit einem Schlafrock bekleidet im Lehnstuhl saß. Mehrere Papierrollen lagen um ihn herum.«

Und sollte der Gebrauch der *Arcadia Mixture* (die Marke seines Tabaks) nicht ausreichen, seinen Geist zu beflügeln, so greift der große Detektiv schon mal zu härteren Drogen, vorzugsweise Kokain, aber es kann auch Morphium sein.

Zwar nicht so bekannt geworden wie Sherlock Holmes, dafür aber der erste literarische Detektiv, ist Edgar Allan Poes Chevalier C. Auguste Dupin. Beide sind einander sehr ähnlich. Das wird schon an der Art des Erzählens deutlich: Poe tritt als Ich-Erzähler auf, der zufällig die Bekanntschaft Dupins macht, mit dem er eine Wohngemeinschaft gründet. Dupin, wenn möglich noch extravaganter und wunderlicher als sein ›Nachfolger‹ Sherlock Holmes, ist ein Meister in der Kunst des Analysierens – und analytisches Denken funktioniert auch bei ihm am besten mit Hilfe des Tabaks. In der Erzählung *Der entwendete Brief* beschreibt Poe es so:

»Ich war im Jahre 18 . . in Paris und erfreute mich an einem dunklen, stürmischen Herbstabende mit meinem Freunde Auguste Dupin in dessen kleinem Bibliotheks- oder Studierzimmer des doppelten Genusses einer Meerschaumpfeife und beschaulichen Nachdenkens. Seit wenigstens einer Stunde waren wir in tiefes Schweigen versunken, und jeder zufällige Beobachter hätte geglaubt, daß wir uns angelegentlichst und ausschließlich mit den Rauchwolken beschäftigten, die das ganze Zimmer einhüllten. Ich erwog jedoch in Gedanken noch einige Punkte der Unterredung, die ich zu Anfang des Abends mit meinem Freund gehabt und welche sich auf die Begebenheiten in der Spitalgasse und auf den geheimnisvollen Mord der Marie Rogêt bezogen.«

Diese Lektüre verführt geradezu zum Rauchen. Nicht nur, weil der Protagonist raucht, sondern weil es zum Lesen eines spannenden Kriminalromans paßt wie zu einem guten Wein und einem guten Essen – es steigert den Genuß. Man stelle sich vor: Ein kalter Winterabend, draußen heult der Wind (wie der Höllenhund im Moor), drinnen brennt ein Feuer im Kamin, davor ein Sofa, auf dem man warm und behütet alle Gefahren, die auf den Helden lauern, miterlebt ... Es ist genau so, wie der Philosoph Ernst Bloch schreibt:

> »Die Lage ist doch zu gemütlich, in der Detektivgeschichten am liebsten genossen werden. Im bequemen Sessel, unter der abendlichen Stehlampe, mit Tee, Rum und Tabak, persönlich gut gesichert und ruhevoll in gefährliche Dinge vertieft ...«

Tatsächlich gehören die Zigaretten, die ich an solchen Abenden genossen habe, bis mein Zimmer so verqualmt war wie das meiner Helden, zu meinen schönsten Raucher-Erinnerungen. Man identifiziert sich mit dem Helden ja nicht nur in gefährlichen Situationen, sondern man begleitet ihn in der Phantasie bei der Aufklärung des Falles. Das bedeutet, man wird selbst zum Detektiv. Jeder passionierte Krimileser hat den Ehrgeiz, auf die Lösung des Falles zu kommen, bevor der Roman zu Ende ist. Ein guter Kriminalroman stellt also hohe intellektuelle Anforderungen an den Leser. Freunde dieses Genres haben Freude am Denken, die der leidenschaftliche Raucher noch mit der Freude am Tabakgenuß steigert. Beim Lesen eines Kriminalromans kommt er in den Genuß aller Vorteile, die der Tabak bietet: Förderung der Konzentration, die er braucht, um alles um sich herum zu vergessen. Die Optimierung seiner Fähigkeit zum logischen Denken, um der Logik des Verbrechens folgen zu können, und die Beruhigung seiner strapazierten Nerven, wenn die Spannung unerträglich zu werden droht, damit er sie lustvoll genießen kann.

Alles Chemie, sagen die Wissenschaftler, und alles kommt daher, daß sich das Nikotin auf bestimmten Bindungsstellen bestimmter Nervenzellen des Gehirns anlagert, den sogenannten *nicotinischen Acetylcholin-Rezeptoren*, ein Vorgang, der für Nikotinfreuden und -sucht zuständig sein soll. Als Laie läßt mich diese Information unbefriedigt: Wenn jeder Mensch diese Rezeptoren besitzt – sonst hätte eine solche Aussage schließlich keine wissenschaftliche Relevanz –, warum wird dann nicht jeder, der raucht, süchtig? Diese Rezeptoren gab es sicher schon vor ihrem Namen und vor der Entdeckung des Tabaks. Welche Funktion haben sie also sonst noch, außer darauf zu warten, daß das Nikotin zu ihnen kommt? Und wie unterscheiden sie zwischen dem Nikotin, das aus dem Tabak kommt, und dem von Nikotinpflaster und -kaugummi? Tun sie es überhaupt, und ist es so gesehen eigentlich sinnvoll, Nikotin mit Nikotin ersetzen zu wollen, um die Sucht zu bekämpfen? Die Sache mit den nicotinischen Acetylcholin-Rezeptoren ist mir in einem Artikel aus *Natur und Wissenschaft*, einer Beilage der FAZ, unter dem Titel *Tückischer Tabakrauch* begegnet. Naturwissenschaftliche Aussagen stimmen meines Erachtens eher skeptisch, wenn einem zu untersuchenden Gegenstand eine Eigenschaft wie ›tückisch‹ zugeordnet wird, die eigentlich ein unberechenbares Lebewesen näher bezeichnet, das man nicht im Griff hat. Und eben darauf will ich hinaus: Dieser ganze Komplex – Tabak, Nikotinsucht, Raucherkrankheiten – scheint mir allein mit Hilfe der Chemie auch nicht greifbarer zu werden. Versuche dieser Art haben immer etwas von to-astonish-the-natives. Da gibt es wohl mehr im Himmel und auf Erden, als unsere Schulweisheit sich träumt (*Hamlet*), denn ein beträchtlicher Teil der Raucher wird nicht abhängig. Deshalb ist es wiederum unseriös, auf Verpackungen von Tabakwaren uneingeschränkt zu behaupten: *Rauchen macht sehr schnell abhängig: Fangen Sie gar nicht erst an!* Ich habe eine Reihe von Leuten getroffen, die gelegentlich kräftig mitrauchen können, so daß niemand auf die Idee käme, sie seien keine passionierten Raucher. Sie können aber auch tage- oder wochenlang keine Zigarette anrühren. Dieses Phänomen hat mir übrigens dabei geholfen, meine Sucht schließlich zu besiegen.

Doch zurück zu den rauchenden Helden.

Auguste Dupin und Sherlock Holmes agieren beide im 19. Jahrhundert, als in Europa nach und nach die Rauchverbote aufgehoben wurden. »Mit den Revolutionen des Jahres 1848 fielen so ziemlich die letzten Beschränkungen, die dem Rauchen bis dahin auferlegt waren«, schreibt Conte Corti. In Deutschland hatte sich bereits zuvor das Rauchen immer wieder an die Öffentlichkeit gewagt, blieb aber in den meisten deutschen Staaten verboten. Meist unter dem Vorwand der Feuergefährlichkeit. Es gab diesbezüglich eine Unzahl von Weisungen. Der General von Hamburg gab den Befehl an alle Wachen, »daß kein Posten irgend jemand auf den Brücken, an den Toren und in der Nähe von Bäumen ›Tobackrauchend und mit brennender Pfeife‹ verweilen lassen dürfe.« In Altona durfte kein Einwohner wagen, »dort auch nur mit der Pfeife im Mund zum Fenster herauszusehen, ohne sofort einer Geldstrafe zu verfallen.« Und Fürst Leopold III. von Anhalt-Dessau erlaubte seinen Untertanen, »jedem, der auf der Straße mit der Pfeife erscheine, diese ungestraft ›aus dem Maul‹ zu schlagen.« Doch selbst diese drakonischen Maßnahmen konnten die Verbreitung des Rauchens nicht verhindern: »Im 18. Jahrhundert hatte diese Sitte besonders studentische Kreise erfaßt, und bald konnte man sich einen Hörer der Unversität fast nicht mehr ohne Bierglas und Pfeife vorstellen«, heißt es bei Conte Corti. In seiner *Geschichte des Rauchens* finden sich einige amüsante Anekdoten aus dem revolutionären Berlin:

»… am 16. März 1848 [das Rauchverbot war noch in Kraft] hatte ein Gendarm einen französischen Professor, J. Hutier, der auf der Straße eine Zigarre rauchte, mit den Worten angehalten: ›Mein Herr, wissen Sie nicht, daß es von unserem König ausdrücklich verboten ist, Tabak zu rauchen?‹

›Nein, ich weiß nicht, ob unser König es selbst verboten hat.‹

›Sie sind Franzose, wohnen aber schon lange hier und müssen also die Gesetze kennen; es lebe unser König.‹

Während der Gendarm Hutiers Personalien feststellte, sah dieser, wie Hunderte von rauchenden Leuten vorbeigingen, empörte sich und glaubte, er sei nur angehalten worden, weil er Franzose sei. In Wahrheit aber trauten sich die Polizisten nur noch in einzelnen Fällen zu einer Amtshandlung. Schon regte sich die revolutionäre Bewegung in der Hauptstadt, die in den folgenden Tagen zum Ausbruche kam.«

Drei Tage später »bestieg ein junger Fürst Lichnowsky einen Tisch, um die Volksmenge mit lauter Stimme anzureden. […] Alle Forderungen seien bewilligt, und man möge nur ruhig nach Hause gehen. Auf die Frage aus dem Volke, ob auch wirklich alles bewilligt sei, antwortete er: ›Ja, alles, meine Herren.‹ ›Ooch det Roochen?‹ erscholl eine andere Stimme. – ›Ja, auch das Rauchen‹, war die Antwort. – ›Ooch im Tiergarten?‹ wurde weiter gefragt. – ›Ja, auch im Tiergarten darf geraucht werden, meine Herren.‹ Das schlug durch. ›Na, denn können wir ja zu Hause jehen‹, hieß es überall, und in kurzer Zeit räumte die heiter gestimmte Menge den Platz. […]

Die Erlaubnis des freien Rauchens auf den Straßen der Stadt und im Tiergarten war in geistesgegenwärtiger Weise von dem jungen Fürsten auf eigene Verantwortung hin erteilt worden.«

Damit gaben sich die Bürger nicht zufrieden und

schrieben einen Brief an den Polizeipräsidenten, in dem sie um eine offizielle Aufhebung des Rauchverbots baten. Diese erging »auf Allerhöchste Anordnung des Königs: ›Das Verbot des nicht feuergefährlichen Tabakrauchens in den Straßen der hiesigen Residenz und der Vorstädte ist aufgehoben.‹

Damit war einer der täglichen Nadelstiche aus dem Leben der Berliner Stadtbevölkerung beseitigt; der Kleinkrieg gegen Gendarmen und Wachen, der mit dem Rauchen im Freien verbunden war, hörte auf. […]

Von nun an durfte jedermann ungehindert mit brennender Pfeife oder Zigarre spazierengehen.«

Dies rief nun die erbosten Nichtraucher auf den Plan: Es sei unerhört, daß eine Unsitte öffentlichen Schutz genieße und daß der ihr nicht Verfallene gezwungen sei, sie über sich ergehen zu lassen.

Wohlbekannte Töne, und überhaupt kommt es mir, während ich mich mit der Geschichte des Rauchens befasse, vor, daß die gegenwärtige Verfolgung der Raucher ein Rückschritt in vergangene Jahrhunderte darstellt. Vielleicht erleben wir ebenso die Renaissance einer Gegenbewegung, etwa im Sinne der Verordnung des Kardinalstaatssekretärs Giacomo Antonelli aus dem Jahre 1851, in der es heißt, das Tabakrauchen solle von niemandem und in keiner Weise behindert werden, und die Verbreitung von Schriften, welche sich gegen das Rauchen wendeten, würde sogar mit Zuchthaus bestraft werden.

Im Frankreich des Auguste Dupin und dem England des Sherlock Holmes jedenfalls ist das Rauchen gesellschaftlich etabliert. Während sie ihre Pfeifen rauchen, kommt in englischen Clubs das Zigarettenrauchen in Mode – zunächst bei den Snobs und Dandys. Oscar Wilde ist ein begeisterter Zigarettenraucher:

»Die Cigarette ist der vollendete Typ eines vollendeten Genusses: sie ist köstlich und läßt uns unbefriedigt. Der einzige Nutzen unserer Attachés in Kairo ist, daß sie uns mit guten Cigaretten versorgen.«

Auch in Frankreich setzt sich die Zigarette durch. Napoleon III. soll bei großer Anspannung unzählige Zigaretten geraucht haben, Bismarck hingegen war Zigarrenraucher. Als nach der Schlacht bei Sedan der französische Staatsmann Jules Favre bei ihm erschien, um mit ihm über den Frieden zu verhandeln, bot er ihm eine Zigarre an. Der Franzose lehnte dankend ab, er rauche nicht. Darauf Bismarck:

»Sie haben unrecht. Wenn man eine Unterredung beginnt, die manchmal heiße Debatten herbeiführen kann, die in Heftigkeit münden können, ist es besser, man raucht, wenn man spricht. Sehen Sie‹, meinte er, ›wenn man raucht‹, und er zündete sich seine Havanna an, ›pariert die Zigarre, die man in der Hand hält und dreht und die man nicht fallen lassen will, die physischen Bewegungen. Moralisch beruhigt sie uns leicht, ohne uns in irgend einer Art unserer geistigen Fähigkeiten zu berauben. Die Zigarre ist eine Ablenkung, dieser blaue Rauch, der in Spiralen aufsteigt und dem man ganz unwillkürlich mit den Augen folgt, betört Sie und macht Sie entgegenkommender; man ist glücklicher. Das Auge ist beschäftigt, die Hand zurückgehalten, Geruchs- und Geschmackssinn befriedigt, man ist eher geneigt, sich wechselseitige Konzessionen zu machen, und für uns Diplomaten ist es nun einmal unser Brot, ununterbrochen gegenseitige Konzessionen zu machen.«

Anfangs haben die Pfeifen- und Zigarrenraucher die Zigarettenraucher verspottet. Der Dichter Darinwael sagt 1845 in Paris:

»Wenn man durch die Rue Saint Jacques oder über den Odeonsplatz geht, so sieht man Milchgesichter, die Zigaretten paffen. Diese jungen Herren rauchen, um sich das Ansehen von Rauchern zu geben, und nicht, um wirklich den berauschenden Duft des Tabaks zu genießen. Der Ruhm der Zigarette wird nicht länger dauern als ein Strohfeuer.«

Hier irrt der Dichter. Zu Beginn des 20. Jahrhunderts existieren Pfeife, Zigarre und Zigarette gleichberechtigt nebeneinander. Die Zigarette hat die Welt erobert. Sie steht für den schnellen Genuß in einer schnellebig gewordenen Zeit.

Als die großen Kriminalromane von Dashiell Hammett und Raymond Chandler erscheinen, ist das Zigarettenrauchen so verbreitet, daß es nicht verwunderlich ist, daß die Enkel von Auguste Dupin und Sherlock Holmes ebenfalls zur Zigarette greifen.

Vor mir liegt die Chandler-Biographie von Frank MacShane. Auf dem Cover ist Raymond Chandler abgebildet mit Katze – und Pfeife. Seinen Helden Philip Marlowe kennt man mehr als Zigarettenraucher, der sich eher selten eine Pfeife stopft.

Kennt man die Biographie von beiden, versteht man, daß es kaum anders sein kann. Zu Chandlers Lebensform als Schriftsteller gehört die Pfeife, zu der Marlowes als hartgesottenem Privatdetektiv in Los Angeles die Zigarette.

Raymond Chandler schreibt seinen ersten Roman mit Fünfzig und zieht ein paar Jahre später in einen stillen Vorort von Los Angeles, wo er das geregelte, ruhige Leben eines nicht mehr jungen, etablierten Autors führt. Steht früh auf, schreibt, ißt zu Mittag, macht Besorgungen, immer in Jackett und Krawatte. Pünktlich zum Nachmittagstee ist er wieder zu Hause.

Die Abende verbringt er meist ebenfalls zu Hause, meist ohne Gäste, liest, hört Musik, schreibt Briefe. Dabei leistet ihm seine Katze Gesellschaft, der er menschliche Eigenschaften zuschreibt: »Sinn für Humor, absolute Ausgeglichenheit, eine bei Tieren wie bei Menschen seltene Eigenschaft«. Die Katze eines Pfeifenrauchers, könnte man sagen.

Diese Idylle – das Haus hat einen Blick aufs Meer, der so schön ist, daß ein Rundfunkreporter einmal vor Ergriffenheit zu weinen anfängt – stellt eine krasse Gegenwelt zu der von Philip Marlowe dar.

Chandlers Detektiv hat sein Büro in L.A., einem Konglomerat von Stadtteilen mit unüberschreitbaren Grenzen zwischen arm und reich, schwarz und weiß – vital, brutal und korrupt. In diesem Dschungel muß er überleben, die Aufträge, die er annimmt, sind gefährlich. »Ich riskiere einiges, zuweilen sogar ziemlich viel ...«, heißt es in *The High Window*. Fast immer spielt er mit seinem Leben, immer mit dem Feuer. »Die meisten meiner Klienten weinen am Anfang entweder mein Hemd naß oder schnauzen mich an, um zu zeigen, wer der Boß ist. Aber in der Regel werden sie am Ende alle ziemlich vernünftig – das heißt, wenn sie dann noch leben«, sagt Marlowe in *The Lady in the Lake*. Und in *The Long Goodbye* heißt es: »Terry Lennox brockte mir eine Menge Scherereien ein. Aber schließlich und endlich gehört das mit zu meinem Beruf.« Die Zigarette hilft ihm, cool zu bleiben und Anspannung auszuhalten, wenn er im Vorzimmer eines reichen Ganoven von einer arroganten Schönheit gedemütigt wird, wie in *Die Tote im See*. So etwas passiert ihm andauernd:

»›Sind Sie verabredet?‹

›Nein.‹

›Es ist aber sehr schwierig, Mr. Kingsley ohne Verabredung zu sprechen.‹ [...]

Sie zeichnete hastig drei Briefe ab, wahrscheinlich wollte sie sich daran hindern, mir ihre Schreibgarnitur an den Kopf zu werfen. Sie sprach wieder, ohne aufzusehen.

›Mr. Kingsley ist in einer Besprechung. Ich werde ihm Ihre Karte überreichen, sobald sich eine Gelegenheit dazu bietet.‹ [...]

Ich zündete mir eine Zigarette an und zog mir einen großen Aschenbecher zu meinem Sessel. Die Minuten schlichen auf Zehenspitzen vorbei, den Finger auf den Lippen. Ich sah mir den Raum genauer an. Seine Aufmachung sagte mir nichts. Möglich, daß hier Millionen gescheffelt wurden oder auch, daß der Gerichtsvollzieher im Hinterzimmer saß, einen Stuhl vor dem Geldschrank.

Eine halbe Stunde sowie drei oder vier Zigaretten später ...«

Philip Marlowe muß dann noch eine weitere Zigarette rauchen, bevor er zu Mr. Kingsley vorgelassen wird, aber er bleibt gelassen und behält auch während des anschließenden Gesprächs rauchend seine Überlegenheit.

Jeder Raucher weiß, wie eine Zigarette Wartezeiten verkürzt, Nervosität und Angst dämpft. Ich hatte einmal einen Zahnarzt, der in seinem geräumigen Wartezimmer Tischchen mit Aschenbechern aufgestellt hatte. Ich bin sicher, daß die Raucher unter seinen Patienten – zumindest vor der Behandlung – weniger gelitten haben als andere.

In der zitierten Szene ist Marlowe, der Hektik seines Lebens Rechnung tragend, Kettenraucher. Stellt man ihn sich vor, so werden die meisten Kenner der Chandler-Verfilmungen Humphrey Bogart vor Augen haben, den wohl berühmtesten Marlowe Darsteller, im Trenchcoat, mit Hut und Zigarette.

In *Der Tod ist ohne Wiederkehr*, einer späten Verfilmung von *The Long Goodbye* mit Elliott Gould als Philip Marlowe, wird der Detektiv in allen seinen Eigenschaften überzeichnet und damit sehr eindeutig dargestellt. Kettenrauchend, ständig in Bewegung, immer lässig – aber sentimental. Vermutlich um diesen Charakterzug hervorzuheben, den der ursprüngliche Marlowe durchaus besitzt, hat *dieser* Marlowe, genau wie der Erfinder der Figur, eine Katze, für die er sogar mitten in der Nacht Dosenfutter kaufen geht und die er in der Nachbarschaft sucht, falls sie nicht gleich kommt, wenn er mal zu Hause ist. Denn anders als Chandlers Katze – die häusliche Katze des Pfeifenrauchers – ist Marlowes Katze ein Streuner, der sich durchschlägt wie sein Herrchen – die Katze eines rastlosen, Zigaretten rauchenden Privatdetektivs in L. A.

Chandlers Marlowe raucht Camel, »obwohl ich nicht glaube«, schreibt der Autor in einem Brief über seine Figur, »daß er unbedingt auf Camel besteht. Fast jede Zigarettensorte dürfte ihn zufriedenstellen.«

Und manchmal raucht auch er Pfeife – wie sein Schöpfer. Dann ist er ein sehr umsichtiger Pfeifenraucher: »Ich klopfte die Asche aus meiner Pfeife und behielt sie in der Hand, um zu warten, daß der Kopf sich abkühlte, ehe ich sie wegsteckte.« Dies passiert in seltenen Momenten der Ruhe, während eines Gesprächs – oder wenn er mit sich selber Schach spielt: »... ich holte das Schachbrett her. Ich stopfte mir eine Pfeife, ließ die Schachfiguren aufmaschieren [...] die komplizierteste Vergeudung menschlicher Intelligenz ...«

Er ist ein einsamer Held, ein Einzelgänger und Zyniker, von falscher Freundschaft enttäuscht, der an einer Moral festhält, mit der er in dieser Welt ziemlich allein dasteht.

Chandler charakterisiert ihn so:

> »Er nimmt von keinem Menschen Geld an, das er nicht verdient, und von keinem Menschen eine Beleidigung hin, ohne sie gebührend und leidenschaftslos zurückzuzahlen. Er ist ein einsamer Mann, und sein Stolz besteht darin, daß man ihn wie einen stolzen Mann behandelt oder es sehr bald bereut, ihm je begegnet zu sein.«

So erschießt Marlowe alias Elliott Gould Terry Lennox, der ihre Freundschaft verraten hat, am Ende dieser radikalsten Adaption von *The Long Goodbye.*

Im Original sagt er lediglich lakonisch:

> »Sie waren ein netter Kerl, weil die Natur Ihnen das mitgegeben hatte. Aber Sie fühlten sich bei Gangstern und Ganoven genauso wohl wie bei ehrlichen Menschen. Vorausgesetzt, die Ganoven sprachen leidlich gutes Englisch und hatten leidlich akzeptable Tischmanieren. Sie sind ein moralischer Defaitist. [...] Sie hatten ein großes Stück von mir gekauft, Terry. Für ein Lächeln, ein Nicken, ein Winken mit der Hand und ein paar stille Drinks hin und wieder in einer stillen Bar. Es war nett, solange es währte. Machen Sie's gut, amigo.«

Allein ist er am Schluß in jedem Fall – was bleibt, ist wiederum nur die *Freundschaft ohne Freund* – die wir von Connie Palmen kennen.

In seinem ersten Roman *The Big Sleep* läßt Raymond Chandler seinen Detektiv einen Klienten besuchen, einen alten und offenbar sterbenden Mann, der ihn im Rollstuhl sitzend in einem Treibhaus empfängt, dem einzigen Ort, an dem er noch lebensfähig ist, »wie eine neugeborene Spinne«:

> »St. Louis im August war nichts gegen das hier. Ich setzte mich wieder hin und fingerte automatisch nach einer Zigarette, hielt aber rechtzeitig inne. Der alte Mann bemerkte die Geste und lächelte schwach.
>
> ›Sie dürfen gern rauchen, Sir. Ich mag den Geruch von Tabak.‹
>
> Ich steckte mir die Zigarette an und blies eine Lunge voll zu ihm hin, und er schnupperte wie ein Terrier vorm Rattenloch. Das schwache Lächeln zog an seinen faltigen Mundwinkeln.

›Ein netter Zustand, wenn ein Mann sich seinen Lastern nur noch per Stellvertreter hingeben kann‹, sagte er trocken.«

Heutzutage wäre selbst das in L. A. kaum noch möglich, und wahrscheinlich würde Chandler sich im Grab herumdrehen, wenn er wüßte, daß im Kalifornien seines Helden Rauchverbot herrscht.

Manchmal denke ich, es gibt noch Hoffnung. Kürzlich las ich in der Zeitung einen Bericht mit der Überschrift *Nichtrauchen ungemocht.* Es ging darin um ein Rockkonzert in Berlin, bei dem man darum *gebeten* hatte, daß in der Veranstaltungshalle nicht geraucht werde. Dieser Bitte wurde nicht entsprochen: »Wir sind schließlich nicht in Kalifornien«, kommentiert der Verfasser.

Vermutlich wäre Raymond Chandler nicht der einzige Schriftsteller, dessen Seele keine Ruhe fände angesichts des Rauchverbots in Kalifornien. Ebenso erginge es wohl Dashiell Hammett, dessen Detektiv Samuel Spade seinen Beruf in San Francisco ausübt – und natürlich Curt Goetz mit seiner Parodie *Die Tote von Beverly Hills.*

Es ist fraglich, ob es diese amüsante, aufregende Geschichte überhaupt geben würde, wenn ihr Held und Erzähler Nichtraucher gewesen wäre, denn dann hätten er und sein Hund Winnetou vielleicht nicht überlebt, und das Geheimnis der schönen Toten, die beide finden, während sie in den Hügeln um Hollywood spazierengehen, wäre möglicherweise nie gelüftet worden:

»Und noch ein paar Meter weiter lag die nackte Leiche eines Mädchens.

Ich überlegte, ob ich Winnetou zur Bewachung dalassen sollte, bis ich die Polizei geholt hätte. Aber ich fürchtete Kojoten, die hier in Rudeln auftraten, gegen die er machtlos gewesen wäre. So beschloß ich, ihn mitzunehmen. Vorher brannte ich ihm die Wunde mit der Zigarette aus, worüber er nicht sehr erbaut war. Aber besser als an Leichengift krepieren, nicht wahr?

(Ich hatte übrigens vor acht Tagen dieselbe Prozedur an mir vornehmen müssen, als ich von einer schwarzen Witwe gebissen worden war, keine Dame der Gesellschaft in diesem Falle, sondern eine giftige Spinne, ›Black Widow‹, deren Biß tödlich ist, wenn du nicht sofort etwas dagegen tust.)«

Zum Glück bleiben also Herr und Hund dank der Zigaretten, die Curt Goetz raucht, bei bester Gesundheit, und der Autor kann berichten, wie sich alles zugetragen hat …

Sam Spade alias Humphrey Bogart, die Zigarette im Mundwinkel, während er die Hände hebt angesichts einer Waffe, die Peter Lorre auf ihn richtet. So kennt man ihn aus Dashiell Hammetts *The Maltese Falcon*, verfilmt von John Huston. Er nimmt die Zigarette nicht einmal aus dem Mund, als er Lorre packt, um ihm einen Faustschlag zu verpassen. So kann nur ›Bogi‹ rauchen, ohne daß ihm der Rauch in die Augen steigt. Er spielt Spade ebenso überzeugend, wie er Marlowe spielt. Die beiden sind sich ja auch recht ähnlich. Außen hart und innen weich, vertreten sie die gleiche Moral. Bogart sagt, als Sam Spades Partner im *Malteser Falken* erschossen wird, »daß es einem Manne nicht gut anstehen würde, den Tod seines Partners nicht zu rächen«. Das gleiche hätte er auch als Philip Marlowe sagen können. Bloß keine Gefühle zeigen, weder Männern noch Frauen gegenüber, sie könnten ja enttäuscht werden. Zwei Zigarettenraucher, immer cool, immer unter Strom.

Sam Spade dreht seine Zigaretten selbst. Es ist das erste, was er tut, als er nachts vom Tod seines Partners erfährt:

»Er starrte finster das Telefon auf dem Tisch an, während seine Hände nach einem Päckchen Zigarettenpapier und einem Beutel mit Bull-Durham-Tabak griffen, die daneben lagen. [...]

Spades fleischige Finger drehten sorgfältig und ohne Hast eine Zigarette, ließen eine genau abgemessene Menge dunkler Tabakflocken in ein gewölbtes Blättchen rieseln und verteilten sie so, daß sie gleich hoch an beiden Enden und leicht vertieft in der Mitte lagen; die Daumen drückten den inneren Rand des Blättchens nach unten und rollten ihn unter den äußeren Rand, den die Zeigefinger herüberdrückten, worauf Daumen und Finger zu den Enden des Papierzylinders glitten, um ihn in Form zu halten, während die Zunge die gummierte Kante anleckte, der linke Daumen und der linke Zeigefinger ein Ende zusammendrückten und der rechte Daumen und Zeigefinger den feuchten Saum feststrichen, dann das andere Ende zwirbelten und das gegenüberliegende zwischen Sam Spades Lippen führten.

Er hob das mit Schweinsleder bezogene Nickelfeuerzeug auf, das auf den Fußboden gefallen war, knipste es an und stand mit der brennenden Zigarette im Mundwinkel auf.«

Davon abgesehen, daß wir es hier mit einer exakten Einweisung in die Kunst des Zigarettendrehens zu tun haben, betont Hammetts Beschreibung die sinnliche Komponente zwischen Held und Zigarette, die Verbundenheit, die Partnerschaft.

In meiner Studentenzeit habe ich auch selbst gedreht. Viele taten das, und ich habe immer einen Kommilitonen bewundert, der mit einer Hand eine Zigarette in der Hosentasche drehen konnte. So weit habe ich es nie gebracht, aber ich kann mich noch gut an das Gefühl beim Drehen erinnern. Für den Konsumenten selbstgedrehter Zigaretten ist es ein Ritual: zuerst das Zigarettenpapier zwischen den Fingern zu spüren, den Tabak anzufassen und zu riechen, aber noch nicht zu rauchen … Es ist wie ein Vorspiel, das die Lust steigert.

Außerdem kann man die Stärke seiner Zigarette selbst bestimmen – und natürlich gibt es den finanziellen Aspekt. Heute, wo Rauchen immer teurer wird, liegt das Selbstdrehen wieder im Trend. Alle, die sich dazu entschließen, sollten bei Sam Spade in die Schule gehen, denn es ist nicht einfach.

Mich erinnert Hammetts Beschreibung zudem an eine Szene in Thomas Manns Roman *Der Zauberberg*. Sein Protagonist, Hans Castorp, besucht seinen lungenkranken Cousin im Sanatorium. Während eines Spaziergangs sagt er:

> »›… ich halte es nicht mehr aus! Seit gestern mittag habe ich nichts Ordentliches mehr geraucht … Entschuldige mal!‹ Und er entnahm seinem automobilledernen und mit silbernem Monogramm geschmückten Etui ein Exemplar von Maria Mancini, ein schönes Exemplar der obersten Lage, an einer Seite abgeplattet, wie er es besonders liebte, kupierte die Spitze mit einem kleinen, eckig schneidenden Instrument, das er an der Uhrkette trug, ließ seinen Taschenzündapparat aufflammen und setzte die ziemlich lange, vorn stumpfe Zigarre mit einigen hingebungsvoll paffenden Zügen in Brand. ›So!‹ sagte er. ›Nun können wir meinethalben den Lustwandel fortsetzen.‹«

Es ist eher unwahrscheinlich, daß Dashiell Hammett den *Zauberberg* kannte und daß er davon inspiriert war. Wahrscheinlich rührt meine Assoziation von der Hingabe zweier leidenschaftlicher Raucher an das Objekt ihrer Liebe her.

Kann denn Rauchen Sünde sein? fragt man sich angesichts solcher Charaktere (besonders wenn man den soundsovielten gescheiterten Versuch, das Rauchen aufzugeben, hinter sich hat) – der fiktiven wie ihrer Erfinder. Dabei darf natürlich George Simenons Kommissar Maigret nicht fehlen. Der kontemplative Pfeifenraucher aus Paris (auch Simenon raucht Pfeife) ist der Psychologe unter den Kollegen des Genres.

> »Wir erleben Maigrets Paris: einen sanften Regentag in Montmartre, den durchsichtigen Frühlingshimmel über dem Quai des Orfèvres, das Tuten der Schleppkähne auf der Seine, die leisen Straßengeräusche [...]
> Maigret zündet seine Pfeife an, der Verhörte trinkt einen Schluck Bier. [...]
> Schließlich kommt der Augenblick, wo er sich in den anderen so hineinversetzen kann, daß er der andere wird.«

So verrät ihm die Psyche des Täters schließlich die Lösung des Falls.

Eine ganz andere Art Raucher und Detektivfigur, aber mindestens ebenso berühmt wie Sam Spade, ist Nick Charles, Protagonist in dem Roman *The Thin Man*, ebenfalls von Dashiell Hammett.

Seit Nick Charles eine vermögende Frau geheiratet hat, ist er ein ›Detektiv im Ruhestand‹, der das Leben leichtnimmt und genießt. Auch er lebt in Kalifornien, wenn er nicht gerade, wie im *Dünnen Mann*, seine Frau auf Einkaufsreise nach New York begleitet, wo sie unzählige Cocktails trinken. Würde man bei jedem Drink, den die beiden nehmen, mithalten, hätte man am Ende des Romans eine Alkoholvergiftung. Der Roman erschien 1934, ein Jahr nach Aufhebung der Prohibition. Vielleicht erscheint eines Tages nach der Aufhebung des Rauchverbots ein Roman, in dem exzessiv geraucht wird. Wenn Nick

Charles nicht an der Bar sitzt, führt er den Hund aus oder ruft den Delikatessenservice an, der die ganze Nacht geöffnet hat. Ansonsten ist er klug, gebildet, pflegt einen freundlichen Zynismus und kümmert sich um das Vermögen seiner Frau. Und natürlich raucht er (wie könnte ein Autor, der so liebevoll die Herstellung einer selbstgedrehten Zigarette beschreibt, einen Nichtraucher zum Helden küren?), weil er alles tut, was den Lebensgenuß erhöht.

»Nora konnte in dieser Nacht nicht schlafen. Sie las Schaljapins Erinnerungen, bis ich einzudösen begann, worauf sie mich mit der Frage weckte: ›Schläfst du?‹

Ich bejahte es.

Sie steckte eine Zigarette für mich an und eine für sich selber. ›Spielst du nie mit dem Gedanken, dich ab und zu bloß so aus reinem Vergnügen wieder einmal als Detektiv zu betätigen? Ich meine, wenn irgendwas Besonderes anliegt ...‹«

Nick Charles ziert sich eine Weile, aber schließlich gelingt es seiner Frau, ihn zu überreden. Er ist zwar ein anderer Typus als die bisher besprochenen, aber auch bei ihm bilden Rauchen, Denken und Handeln eine Einheit – jedoch *aus reinem Vergnügen.*

Auch Tom Ripley, Patricia Highsmiths wohl bekannteste Figur, raucht meistens zum Vergnügen. Doch sein Leben verläuft nicht immer so unbeschwert wie das von Nick Charles.

Auch Patricia Highsmith rauchte. Auf meinem Schreibtisch liegt eine Fotografie der großen Krimiautorin bei einem Winterspaziergang – mit Zigarette.

Die Ripley-Romane beginnen häufig damit, das Tom abends Belle Ombre verläßt, um in die kleine Bar-Tabac im Dorf zu gehen, wo er an der Theke einen Espresso trinkt, raucht und Zigaretten kauft.

»Tom legte sieben Francs für Kaffee und Zigaretten auf den Schanktisch [...]. Tom drückte seine Zigarette aus, rief allen und niemandem ein ›'soir!‹ zu und verließ das Lokal.«

Es könnte ein harmonisches, ungetrübtes Leben sein, das er in Belle Ombre, seinem wunderschönen Anwesen nicht weit von Paris, mit seiner schönen, reichen Frau führt – wenn ihn nicht ständig seine Vergangenheit einholen und seine idyllischen Lebensverhältnisse bedrohen würde, denn der liebenswürdige und kultivierte Tom (im Film dargestellt von dem jungen Alain Delon, dem wohl schönsten Raucher, der jemals auf einer Leinwand zu sehen war) steht im Gegensatz zu anderen Krimihelden nicht auf der Seite des Gesetzes – er ist ein raffinierter Verbrecher, der auch vor Mord nicht zurückschreckt. Doch Patricia Highsmith schafft es, daß wir ihn lieben und mit ihm zittern. Würden wir ein so schönes Zuhause nicht auch mit allen Mitteln verteidigen? Zudem ist Tom sympathisch, ein zärtlicher Ehemann und einfühlsamer Arbeitgeber, verehrt von Madame Annette, seiner Haushälterin, die wunderbar kocht, denn Tom ist ein exzellenter Gastgeber. Der Aperitif darf nie fehlen – und nach dem Essen wird natürlich geraucht:

»... und ging zum Eßtisch, wo seine Zigaretten lagen.

›Ich glaube, er hat uns gesehen – am Fenster‹, sagte Heloise.

›Sehr gut‹, antwortete Tom und zog genüßlich an seiner ersten Zigarette.«

Tom Ripley ist ein Gourmet und Genußraucher. Manchmal raucht er allerdings auch aus Nervosität, was bei dem riskanten Leben, das er führt, nicht verwundert.

Es heißt, die drei schönsten Dinge im Leben seien der Whiskey davor und die Zigarette danach. Es gibt noch eine vierte Sache, die unbedingt dazugehört: die erste Zigarette des Tages, genauer gesagt, der erste tiefe Zug – bei mir war das nach dem Frühstück.

Frustriert von den zahlreichen vergeblichen Versuchen, beschloß ich eines Tages, meinen Anspruch, ganz aufzuhören, zu begraben und nur noch nach dem Essen zu rauchen. Doch das erwies sich bald als ein fauler Kompromiß.

Heute weiß man, Diät macht dick, wegen des sogenannten Jo-Jo-Effekts. Das gleiche Prinzip gilt für eine Reduzierung des Zigarettenkonsums, ohne daß man seine Gewohnheiten grundsätzlich ändert. Analog kann man sagen, weniger rauchen macht süchtig. Ich kenne niemanden, der eine einfache Reduzierung der täglich gerauchten Zigarettenmenge auf Dauer durchgehalten hätte – und hinterher raucht man mehr als zuvor.

Am Anfang läuft es ganz gut. Man folgt einem neuen Impuls, ist zuversichtlich und stark. Frühstück, Mittagessen, Abendessen – dazwischen ist man aufs Nichtrauchen konzentriert, fixiert auf die drei erlaubten Zigaretten wie das berühmte Kaninchen auf die Schlange. Besonders das Aufstehen fällt leicht. Gleich darf geraucht werden! Das Frühstück verkommt zur Zigarettengrundlage. Ich habe in dieser Zeit, im Stehen, während der Tee zog, wahllos irgend etwas in den Mund gesteckt, zum Beispiel ein Stück Schokolade. Hauptsache, es ging schnell und ich konnte endlich eine Zigarette anzünden. Und dann begann das Warten auf die nächste Mahlzeit.

Aber wehe, es geschieht mehr zwischen diesen drei Mahlzeiten ... Und das bringt das Leben so mit sich – man nennt es auch Normalität: Arbeitsdruck beispielsweise, den man sich zuvor mit Rauchen versüßt hatte. Eine Verabredung im Café, bei der man normalerweise rauchen würde, oder das Warten im Stau. Es gibt viele Gelegenheiten, den Rahmen der drei Zigaretten zu sprengen. Die größte Versuchung ist die *Ausnahme.* Jeder Junkie macht sich etwas vor, wenn er glaubt, er könne die zweite Zigarette des Tages schon mal vor dem Mittagessen rauchen und dafür auf die danach verzichten – natürlich raucht er die dann trotzdem. Oder er ist sich bei einem ausgedehnten Restaurantbesuch absolut sicher, nur dieses *eine Mal* mehr als eine Zigarette zu rauchen … In diesem Moment ist er bereits wieder im Teufelskreis seiner Abhängigkeit gefangen. Er ist gescheitert. Nicht er bestimmt mehr über sein Rauchverhalten, sondern die Sucht.

Aber wenigstens befindet er sich in guter Gesellschaft. Von Sigmund Freud heißt es: »Inzwischen aber war, unabhängig von diesen Beschwerden, zu denen er auch seine Nikotinsucht und wiederholte vergebliche Abstinenzversuche zählte, die neurotische Symptomatologie überhaupt zum Hauptobjekt seiner ärztlichen und wissenschaftlichen Arbeit geworden.« Mir hat der Gedanke daran, daß selbst eine Kapazität auf dem Gebiet der menschlichen Psyche die Nikotinsucht nicht beherrschen konnte, bei meinen Niederlagen geholfen. Und dann hat mich noch eine Gedichtstrophe von Gottfried Benn getröstet:

[…]
Dir wurde erst spät bewußt,
es gibt nur eines: ertrage
– ob Sinn, ob Sucht, ob Sage –
dein fernbestimmtes: Du mußt.

Sucht als Schicksal? Heute glaube ich nicht mehr daran – aus Erfahrung, aber früher war ich Benn dankbar für diese Verse und sicher, daß auch die Nikotinsucht gemeint sei. Es gibt Wissenschaftler, die der Meinung sind, daß manche Menschen als potentielle Raucher geboren werden, Rauchen also genetisch bedingt sei. Immerhin wäre damit erklärbar, warum die einen süchtig werden und die anderen nicht. In Zeiten des Scheiterns war ich für Theorien dieser Art sehr empfänglich.

Thomas Manns Held Hans Castorp hat keine Probleme damit, Raucher zu sein. Überhaupt wird in der sogenannten ›schönen Literatur‹ ebensoviel geraucht wie in der Kriminalliteratur – auf höchstem Niveau wohl bei Thomas Mann, und zwar ausgerechnet im *Zauberberg*. Rauchen ist in diesem Roman, der ja in einer Lungenheilstätte spielt, ein stetes Thema – wider Erwarten ohne erhobenen Zeigefinger, besonders aus heutiger Sicht, da man das Rauchen in Krankenhäusern auf dem gesamten Gelände grundsätzlich verbieten will.

Der *Zauberberg* ist ein Kosmos für sich, bevölkert von illustren Gestalten wie dem italienischen Literaten Settembrini, der zwar nicht raucht, aber andere Laster hat und über das Laster an sich philosophiert, wie Herrn Albin, der demonstrativ einen Revolver mit sich herumträgt, um seinem Leben jederzeit ein Ende setzen zu können, und konsequent weiterraucht, und wie der ägyptischen Prinzessin, »eine sensationelle Person mit nikotingelben beringten Fingern und kurzgeschnittenem Haar, die, von den Hauptmahlzeiten abgesehen, bei denen sie Pariser Toilette trug, in Herrensakko und gebügelten Hosen umherging, übrigens von der Männerwelt nichts wissen wollte, sondern ihre zugleich träge und heftige Huld ausschließlich einer rumänischen Jüdin zuwandte, die schlecht und recht Frau Landauer hieß, während doch Staatsanwalt Paravant um Ihrer Hoheit willen die Mathematik vernachlässigte und vor Verliebtheit geradezu den Narren spielte: nicht genug also mit ihr persönlich, so befand sich unter ihrem kleinen Gefolge auch noch ein verschnittener Mohr, ein kranker, schwacher Mensch, der aber trotz seiner von Karoline Stöhr gern gehechelten Grundverfassung am Leben mehr zu hängen schien als irgend jemand und sich untröstlich zeigte über das

Bild, das die Platte von seinem Inneren aufwies, nachdem man seine Schwärze durchleuchtet hatte ...

Verglichen mit solchen Erscheinungen also konnte Mynheer Peeperkorn fast farblos wirken. [...] er war ein Kolonial-Holländer, ein Mann von Java, ein Kaffeepflanzer ...«

Besonders bizarr erscheint, daß selbst der Chefarzt dieser exklusiven und internationalen Kurklinik, Hofrat Dr. Behrens, raucht, und zwar ebenso leidenschaftlich wie Hans Castorp. Durch diese Gemeinsamkeit entsteht ein ganz besonderes Verhältnis zwischen Arzt und Patient, an welchem der *Nichtraucher* Joachim Ziemßen, Castorps Vetter, kaum teilhat. Joachim wird übrigens an seiner Lungenkrankheit sterben.

Mein Arzt, den ich seit dreißig Jahren kenne und mit dem ich inzwischen befreundet bin, unterhielt lange Zeit eine sehr gutgehende Praxis und nutzte die Zeit meines Besuches häufig, um während des Arzt-Patientengesprächs eine Zigarre zu rauchen. Selbstverständlich zündete ich mir dann – nach der Abstinenz im Wartezimmer – eine Zigarette an, woraufhin sich »unser beider Rauch vermischte«! Vielleicht hat dies zu meiner Gesunderhaltung beigetragen. Ungern möchte ich von einem Arzt behandelt werden, der unter Nikotinentzug leidet.

Wenn ich Thomas Manns *Zauberberg* lese, erscheint mir, trotz der permanenten Anwesenheit von Krankheit und Tod, der Vorsatz, das Rauchen aufzugeben, absurder denn je.

Auf diesem Spaziergang mit Joachim, bei dem Hans Castorp sich eine *Maria Mancini* anzündet – von Thomas Mann so liebevoll und detailliert beschrieben –, fragt er seinen Vetter, der sich zwar erfolglos, aber stets mit soldatischem Eifer (er ist Leutnant) an alle Anordnungen des Arztes hält und den Castorp dafür ein wenig verachtet (*Als Soldat und brav* hat Thomas Mann das Kapitel überschrieben, in dem Joachim stirbt):

»›Du rauchst natürlich nicht vor lauter Biereifer?‹

›Ich rauche ja nie‹, antwortete Joachim. ›Warum sollt' ich denn gerade hier rauchen?‹

›Das verstehe ich nicht!‹, sagte Hans Castorp. ›Ich verstehe es nicht, wie jemand nicht rauchen kann, – er bringt sich doch, sozusagen, um des Lebens bestes Teil und jedenfalls um ein ganz eminentes Vergnügen! Wenn ich aufwache, so freue ich mich, daß ich tagsüber werde rauchen dürfen, und wenn ich esse, so freue ich mich wieder darauf, ja ich kann sagen, daß ich eigentlich bloß esse, um rauchen zu können, wenn ich damit natürlich auch etwas übertreibe. Aber ein Tag ohne Tabak, das wäre für mich der Gipfel der Schalheit, ein vollständig öder und reizloser Tag, und wenn ich mir morgens sagen müßte: heute gibt's nichts zu rauchen, – ich glaube, ich fände den Mut nicht, aufzustehen, wahrhaftig, ich bliebe liegen. Siehst du: hat man eine gut brennende Zigarre – selbstverständlich darf sie nicht Nebenluft haben oder schlecht ziehen, das ist im höchsten Grade ärgerlich – ich meine: hat man eine gute Zigarre, dann ist man eigentlich geborgen, es kann einem buchstäblich nichts geschehn. Es ist genau, wie wenn man an der See liegt, dann liegt man eben an der See, nicht wahr, und braucht nichts weiter, weder Arbeit noch Unterhaltung ... Gott sei Dank raucht man ja in der ganzen Welt, es ist nirgendwo unbekannt, soviel ich weiß, wohin man auch etwa verschlagen werden sollte. Selbst die Polarforscher statten sich reichlich mit Rauchvorrat aus für ihre Strapazen, und das hat mich immer sympathisch berührt, wenn ich es las. Denn es kann einem schlecht gehen, – nehmen wir mal an, es ginge mir miserabel; aber solange ich noch meine Zigarre hätte, hielte ich's aus, das weiß ich, sie brächte mich drüber weg.«

So kann nur ein leidenschaftlicher Raucher, der Thomas Mann zweifellos war, über das Rauchen schreiben – und wohl nur ein leidenschaftlicher Raucher kann diese Zeilen wirklich würdigen, eine Hymne an den Tabakgenuß als Halt, als Lebenselixier, ja Lebensinhalt. Es ist das Schönste und Wahrhaftigste, was zu diesem Thema jemals gesagt wurde … Ich merke, ich gerate ins Schwärmen.

Der Patient Albin verfügt über eine völlig andere Mentalität als Joachim. Auf ihn ist Hans Castorp sogar ein wenig neidisch. Es ist Herrn Albins Souveränität dem Tod und somit dem Leben gegenüber, die ihn außerhalb der Gesetze stellt und für die er ihn bewundert. Herr Albin formuliert es so:

> »Es ist wie auf dem Gymnasium, wenn es entschieden war, daß man sitzenblieb und nicht mehr gefragt wurde und nichts mehr zu tun brauchte. Zu diesem glücklichen Zustand bin ich nun endgültig wieder gediehen. Ich brauche nichts mehr zu tun, ich komme nicht mehr in Betracht, ich lache über das Ganze.«

Hans Castorp, der einmal sitzengeblieben war, »erinnerte sich wohl des etwas schimpflichen, aber humoristischen, angenehm verwahrlosten Zustandes, dessen er genossen hatte, als er im vierten Quartal das Rennen aufgegeben und ›über das Ganze‹ hatte lachen können.«

Er ist Zeuge einer Unterhaltung, in deren Verlauf Herr Albin verkündet, nicht mehr *mitspielen* zu wollen, da er *unheilbar* sei:

> »›Herr Albin‹, rief eine Dame hinter ihm drein, ›holen Sie lieber Ihren Paletot, ziehen Sie ihn an, tun Sie es mir zuliebe! Sechs Wochen haben Sie mit Lungenentzündung gelegen, und nun sitzen Sie hier ohne Überzieher und decken sich nicht einmal zu und rauchen Zigaretten! Das heißt Gott versuchen, Herr Albin, mein Ehrenwort!‹
>
> Aber er lachte nur höhnisch im Weggehen, und schon nach wenigen Minuten kehrte er mit dem Revolver zurück. […]

›Übrigens halte ich mir das Ding nicht zum Spaß‹, sagte er, da er bemerkte, daß die Wirkung sich abnutzte, ließ den Revolver in die Brusttasche gleiten und setzte sich wieder mit übergeschlagenem Bein auf seinen Stuhl, indem er sich eine frische Zigarette anzündete. [...]

›Wozu denn? Wozu denn‹, fragten ahnungsvoll bebende Stimmen. ›Entsetzlich!‹, schrie plötzlich eine einzelne, und da nickte Herr Albin.

›Ich sehe, Sie fangen an zu begreifen‹, sagte er. ›In der Tat, dazu halte ich ihn mir‹, fuhr er leichthin fort, nachdem er trotz der überstandenen Lungenentzündung eine Menge Rauch eingezogen und wieder von sich geblasen hatte. ›Ich halte ihn in Bereitschaft für den Tag, wo mir dieser Trödel hier zu langweilig wird und wo ich die Ehre haben werde, mich ergebenst zu empfehlen.‹ [...]

Mehrstimmiger, flehender Protest ward laut, in den sich sogar ein heftiges Schluchzen mischte.

›Herr Albin, Herr Albin, den Revolver weg, nehmen Sie den Revolver von Ihrer Schläfe weg, es ist nicht anzusehen! Herr Albin, Sie sind jung, Sie werden gesund werden, Sie werden ins Leben zurückkehren und sich der allgemeinen Beliebtheit erfreuen, mein Ehrenwort! Ziehen Sie nur Ihren Mantel an, legen Sie sich hin, decken Sie sich zu, machen Sie Kur! Jagen Sie den Bademeister nicht wieder fort, wenn er kommt, um Sie mit Alkohol abzureiben! Lassen Sie das Zigarettenrauchen, Herr Albin, hören Sie, wir bitten um Ihr Leben, Ihr junges, kostbares Leben!‹

Aber Herr Albin war unerbittlich.«

Und doch wird Herr Albin, ebenso wie Hans Castorp, am Ende der Geschichte am Leben sein – trotz ihres Tabakkonsums – im Gegensatz zu dem folgsamen Patienten und Nichtraucher Joachim – und anderen folgsamen Patienten.

Eine Hommage an das Schicksal? Ein Schicksal, das auch die heutigen Verbotsstrategien so zweifelhaft macht?

Auf dem Zauberberg raucht man sogar in der Pause einer spiritistischen Sitzung, bei der man versucht, mit Geistern verstorbener ehemaliger Mitpatienten in Kontakt zu treten: »Es war eine richtige Pause, – gelöst und von sanfter Genugtuung im Hinblick auf die schon geleistete Arbeit erfüllt. Die Zigarettenbüchsen der Herren klappten. Man rauchte mit Behagen und besprach da und dort nahe beieinander stehend den Charakter der Sitzung.«

Der wohl meistbenutzte Gegenstand im Alltag auf dem Zauberberg ist das Fieberthermometer, das Hofrat Behrens bezeichnenderweise »Quecksilberzigarre« nennt, ein Zeichen dafür, welchen Stellenwert das Rauchen dort hat. »Und nachher die Quecksilberzigarre ins Gesicht gesteckt!«, befiehlt er. »Immer hübsch aufschreiben, Ziemßen! Dienstlich! Gewissenhaft! Sonnabend will ich die Kurve sehen! Ihr Herr Vetter soll auch gleich mitmessen. Messen kann nie was schaden. Morgen, die Herren!« Tatsächlich ist auch Hans Castorps Temperatur erhöht: »Wirklich hatte er gleich bei seinem Eintritt seinen zierlichen Erwerb von heute morgen vom Waschtisch genommen, hatte die 37,6, die nun ihre Rolle ausgespielt hatten, durch senkrechte Stöße zerstört und sich ganz wie ein Alter, die gläserne Zigarre im Munde, in die Liegekur verfügt.« Er weiß: »… denn die Luft hier ist ja nicht nur gut gegen die Krankheit, sie ist auch gut für die Krankheit, manchmal bringt sie sie erst zum Ausbruch, und das ist am Ende wohl nötig, wenn Heilung eintreten soll.« Und so wird aus Hans Castorps Besuch auf dem Zauberberg ein Klinikaufenthalt von sieben Jahren …

Für die ursprünglich vorgesehene Zeit seines Besuchs hatte Hans Castorp natürlich vorgesorgt und 200 Stück seiner geliebten *Maria Mancini* mitgenommen. Als sein Aufenthalt länger dauert, bestellt er 500 Stück nach, um eingedeckt zu sein. Keinesfalls möchte er Gefahr laufen, auf den Genuß verzichten zu müssen. So geht es jedem leidenschaftlichen Raucher. Für Hans Castorp besteht eine schon erotische Beziehung zwischen der Zigarre und ihm. Dazu gehört auch die Verpackung: »Es waren schöne lackierte Kistchen mit einem Globus, vielen Medaillen und einem von Fahnen umflatterten Ausstellungsgebäude in Gold geschmückt.« Um so größer ist der Schock, als ihm eines Tages, bedingt durch die Beschwerden, die ihm die Höhenluft bereitet, seine *Maria Mancini* nicht schmecken will:

> »Kurz, ich fühle mich etwas beklommen, und besonders wollte mir heute meine Zigarre nicht schmecken, – denken Sie! Das passiert mir so gut wie nie, nur, wenn ich ernstlich krank bin, – und nun schmeckt sie mir heute wie Leder. Ich mußte sie wegwerfen, es hatte keinen Zweck, daß ich es forcierte. Sind Sie Raucher, wenn ich fragen darf? Nicht? Dann können Sie sich nicht vorstellen, was für ein Ärger und eine Enttäuschung das für jemanden ist, der von Jugend auf so besonders gern raucht, wie ich …«

Jeder Raucher hat diese Erfahrung gemacht, daß bei einer Grippe oder Erkältung die Zigarre oder Zigarette nicht schmeckt. Trotzdem hat er Lust zu rauchen, und verzweifelt versucht er es immer wieder. Bei Hans Castorp ist es mehr: Es ist die Enttäuschung des Liebhabers, dem sich die Geliebte entzieht.

Um so größer aber ist das Vergnügen, wenn sie sich ihm wieder zuwendet: Rauchend sitzt er mit Joachim auf einer Bank und ist sauer auf seinen griesgrämigen Vetter, weil dieser nicht mit ihm an einer Geselligkeit mit anderen Patienten teilnehmen wollte. Er, der bekanntlich fast alles aushalten kann, solange er nur rauchen darf, »schmollte in diesem Sinne«: […]

> »und er konnte es aushalten, zu schmollen, da er Maria Mancini hatte. Die Hände in den Seitentaschen seiner Jacke, die braunbeschuhten Füße von sich gestreckt, hielt

> er die lange, mattgraue Zigarre, die sich noch im ersten Stadium der Konsumtion befand, das heißt: von deren stumpfer Spitze er die Asche noch nicht abgestreift hatte, in der Mitte der Lippen, so daß sie etwas abwärts hing, und genoß nach der starken Mahlzeit ihr Aroma, dessen er nun völlig wieder habhaft geworden war [...]: unmerklich und ohne daß er den Fortschritt hatte verfolgen können, hatte sich im Wandel der Tage, dieser fünfundsechzig oder siebzig Tage, sein ganzes organisches Behagen an dem wohlfabrizierten pflanzlichen Reiz- oder Betäubungsmittel wieder hergestellt. Er freute sich des wiedergekehrten Vermögens. Die moralische Genugtuung verstärkte den physischen Genuß. ›Maria ist gottlob die alte‹, sagt er, ›seit einigen Tagen bin ich ihr wieder auf den Geschmack gekommen.‹«

Seine Zigarren tragen nicht nur einen Frauennamen, er spricht auch von ihnen wie von einer Frau – der er allerdings nicht sieben Jahre lang die Treue hält (was aufgrund der Fernbeziehung kaum verwundert):

> »Er bezog Maria Mancini nicht mehr von dort. Er hatte hier oben eine Marke gefunden, die ihm zusagte und der er nun ebenso die Treue trug wie einst jener Freundin: ein Fabrikat, das selbst dem Polarforscher im Eise über die ärgsten Strapazen hinweggeholfen hätte und mit dem versehen man einfach wie am Meer lag und es aushalten konnte, – eine besonders gut gepflegte Sandblattzigarre namens ›Rütlischwur‹, etwas gedrungener als Maria, mausgrau von Farbe, mit einem bläulichen Leibring, sehr fügsam und mild im Charakter und zu schneeweißer, haltbarer Asche, in welcher die Adern des Deckblattes stehen blieben, so gleichmäßig sich verzehrend, daß sie dem Genießenden statt einer fließenden Sanduhr hätten dienen können und ihm nach seinen Bedürfnissen so auch diente ...«

Die Zigarre als Metapher für die Geliebte – eindrucksvoller hätte Thomas Mann seine und die Leidenschaft seines Helden für das Rauchen kaum beschreiben können.

Hans Castorp und Hofrat Dr. Behrens ist denn auch nicht nur diese Leidenschaft gemeinsam, sie haben auch beide eine Schwäche für dieselbe Patientin – Madame Chauchat. Und wenn sie über ihre Zigarren reden, scheint der Gegenstand ihrer Betrachtungen oft austauschbar:

»›Maria Mancini, Postre de Banquete aus Bremen, Herr Hofrat. […] Sumatra-Havanna, Sandblattdecker, wie Sie sehen. Ich habe mich sehr an sie gewöhnt. Es ist eine mittelvolle Mischung und sehr würzig, aber leicht auf der Zunge. Sie hat es gern, wenn man ihr lange die Asche läßt, ich streife nur höchstens zweimal ab. Natürlich hat sie ihre kleinen Launen, aber die Kontrolle bei der Herstellung muß besonders genau sein, denn Maria ist sehr zuverlässig in ihren Eigenschaften und luftet vollkommen gleichmäßig. Darf ich Ihnen eine anbieten?‹

›Danke, wir können ja mal tauschen.‹ Und sie zogen ihre Etuis.

›Die hat Rasse‹, sagte der Hofrat, indem er seine Marke hinreichte. ›Temperament, wissen Sie, Saft und Kraft. Sankt Felix Brasil, ich habe es immer mit diesem Charakter gehalten. Ein rechter Sorgenbrecher, brennt wie ein Schnaps, und natürlich gegen das Ende hat sie was Fulminantes. Einige Zurückhaltung im Verkehr wird empfohlen, man kann nicht eine an der anderen anzünden, das geht über Manneskraft. Aber lieber mal einen ordentlichen Happen, als den ganzen Tag Wasserdampf …‹

Sie drehten die gewechselten Geschenke zwischen den Fingern, prüften mit sachlicher Kennerschaft diese schlanken Körper, die mit den schräg gleichlaufenden Rippen ihrer erhöhten, hie und da etwas gelüfteten Wickelränder, ihrem aufliegenden Geäder, das zu pulsen schien, den kleinen Unebenheiten ihrer Haut, dem Spiel des Lichtes auf ihren Flächen und Kanten etwas organisch Lebendiges hatten. Hans Castorp sprach es aus:

›So eine Zigarre hat Leben. Sie atmet regelrecht. Zu Haus ließ ich es mir mal einfallen, Maria in einer luftdichten Blechkiste aufzubewahren, um sie vor Feuchtigkeit zu schützen. Wollen Sie glauben, daß sie starb? Sie kam um und war tot binnen Wochenfrist, – lauter ledrige Leichen.‹«

Settembrini, Literat und »Hofphilosoph« gewissermaßen, hält den Tabakgenuß für ein Laster, aber das stört Hans Castorp wenig. Er protestiert nur schwach. Vielmehr interessiert ihn, daß Hofrat Behrens sein Laster teilt:

»Aber da werden Sie bei unserem Rhadamant [wie der Literat Hofrat Behrens zu nennen pflegt] Verständnis finden. Er ist ein Anhänger Ihres Lasters.«

»Nun, – Laster, Herr Settembrini ...«

»Warum nicht? Man muß die Dinge mit Wahrheit und Kraft bezeichnen. Das verstärkt und erhöht das Leben. Auch ich habe Laster.«

»Und Hofrat Behrens ist also Zigarrenkenner? Ein reizender Mann.«

Diese Sympathie, die auf Gegenseitigkeit beruht, geht so weit, daß der Hofrat Hans Castorp zusammen mit seinem Vetter zum Kaffee einlädt, um ihm seine Bilder zu zeigen. Er malt nämlich und hat einmal Madame Chauchat porträtiert. »Sie saßen im Winkel zwischen Tür und Fenster, an einem Bambustaburett mit orientalisch ornamentierter Messingplatte, auf der das Kaffeegerät zwischen Rauchutensilien Platz gefunden hatte.« Diesmal rauchen sie Zigaretten, ein Geschenk der ägyptischen Prinzessin. Behrens sagt:

»›Sehr schöne Zigaretten habe ich übrigens auch noch von ihr, das ist was Extrafeines, wird nur bei erstklassigen Gelegenheiten aufgefahren.‹ Und er holte die grellbunte Schachtel aus dem Wandschrank, um sie anzubieten. Joachim enthielt sich, indem er die Absätze zusammenzog. Hans Castorp griff zu und rauchte die ungewöhnlich große und breite, mit einer Sphinx in Golddruck geschmückte Zigarette an, die in der Tat wundervoll war. [...] Er hatte Frau Chauchats Porträt wieder an sich genommen, hatte es auf sein Knie gestellt und betrachtete es, in den Stuhl zurückgelehnt, die Zigarette zwischen den Lippen.«

Thomas Mann nennt sie auch »Sphinxzigaretten«.

Man kann sich der Assoziation kaum erwehren: Die wundervolle Frau, die wundervolle Zigarette ... In der Beschreibung von Madame Chauchat steckt etwas Rätselhaftes, Geheimnisvolles – man denkt in Verbindung mit dieser Zigarette unwillkürlich an das Rätsel der Sphinx:

»Es war eine Dame, die da durch den Saal ging, eine Frau, ein junges Mädchen wohl eher [...]. Sie ging ohne Laut, was zu dem Lärm ihres Eintritts in wunderlichem Gegensatz stand, ging eigentümlich schleichend und etwas vorgeschobenen Kopfes zum äußersten Tisch links [...] – wobei Hans Castorp flüchtig bemerkte, daß sie breite Backenknochen und schmale Augen hatte ... Eine vage Erinnerung an irgend etwas und irgendwen berührte ihn leicht und vorübergehend, als er das sah ...«

Doch keine Sphinx, sondern der Tabak bringt den Hofrat fast um: »Der Hofrat liebte Importen, er hätte am liebsten immer nur schwere Havannas geraucht. Nur leider vertrug er sie nicht, und zwei kleine Henry Clay's, die er einmal in einer Gesellschaft ans Herz genommen, hätten ihn, wie er erzählte, um ein

Haar unter den Rasen gebracht.« (Eine Geschichte, die Hans Castorp, den Prototyp des unanfechtbaren Rauchers, nicht erschüttert. Als der Hofrat geendet hat, erkundigt er sich, ohne auf das Gehörte einzugehen, lediglich nach dessen Malerei.)

»›Ich rauche sie zum Kaffee‹, sagte er, ›eine nach der anderen, und denke mir wenig dabei. Aber wie ich fertig bin, da steigt mir die Frage auf, wie mir eigentlich zu Sinne wird. Ganz anders jedenfalls, total fremdartig, wie noch nie im Leben. Nach Hause kommen, war keine Kleinigkeit, und wie ich da bin, da denke ich erst recht, mich laust der Affe. Eisbeine, wissen Sie, kalter Schweiß, wo Sie wollen, linnenweiß das Gesicht, das Herz in allen Zuständen, ein Puls, – mal fadenförmig und kaum zu fühlen, mal holterdiepolter, über Stock und Stein, verstehen Sie, und das Gehirn in einer Aufregung … Ich war überzeugt, daß ich abtanzen sollte. Ich sage: abtanzen, weil das das Wort ist, das mir damals einfiel und das ich brauchte zur Kennzeichnung meines Befindens. Denn eigentlich war es höchst fidel und eine rechte Festivität, obgleich ich kolossale Angst hatte oder, richtiger gesagt, ganz und gar aus Angst bestand. Aber Angst und Festivität schließen sich ja nicht aus, das weiß jeder. Der Bengel, der zum erstenmal ein Mädchen haben soll, hat auch Angst, und sie auch, und dabei schmelzen sie nur so vor Vergnüglichkeit. Na, ich wäre jedenfalls beinahe geschmolzen, mit wogendem Busen wollte ich abtanzen‹«.

Das sind die Worte eines Junkies, keine Silbe der Reue – statt dessen der Vergleich mit der Liebe. Hofrat Dr. Behrens' Sucht ist stärker als er, obgleich er Arzt ist und obwohl er das Rauchen nicht verträgt. Settembrini weiß es: »Sein Laster bekommt ihm nicht – sonst wäre es übrigens kein Laster –, der Rauchtabak macht ihn schwermütig, – weshalb unsere verehrungswürdige Frau Oberin die Vorräte in Verwahrung genommen hat und ihm nur kleine Tagesrationen zuteilt. Es soll vorkommen, daß er der Versuchung unterliegt, sie zu bestehlen, und dann verfällt er der Schwermut.«

Zwar stiehlt er nur seine eigenen Zigarren, aber es zeigt, daß ein Süchtiger keinen Stolz kennt, wenn es um die Befriedigung seiner Sucht geht. Ich weiß aus eigener Erfahrung, wie niedrig die Hemmschwelle eines Junkies sein kann.

Zurück also in die reale Welt – ins »Flachland«, wie es im *Zauberberg* heißt.

Es geschah gleich zu Beginn meiner Raucherkarriere. Ich fuhr damals vom Frühjahr bis zum Herbst mit dem Fahrrad zur Schule, meistens zusammen mit drei Freundinnen. Wir hatten es uns zur Gewohnheit gemacht, unterwegs zu rauchen. Eines morgens trafen wir uns, aber niemand hatte Geld oder Zigaretten. Ein Päckchen Zigaretten kostete zu dieser Zeit eine Mark. Woher sollten wir also eine Mark nehmen? Unsere Gier nach einer Zigarette ließ uns auf folgende Idee verfallen: Unser Schulweg führte uns an einer kleinen Kirche vorbei, die um diese Zeit menschenleer war. Wir gingen also hinein und stahlen eine Mark aus dem Opferstock.

Es ist mir noch heute peinlich, wenn ich daran denke. Ich kann uns nur zugute halten, daß wir keinen Pfennig mehr genommen haben als diese Mark und daß wir es nie wieder getan haben. Ganz im Gegenteil.

Die kleinen Sünden bestraft der liebe Gott bekanntlich sofort, und tatsächlich ereignete sich eine Serie außergewöhnlicher Vorfälle: Eine von uns, sonst immer eine sehr gute Schülerin, schrieb in der nächsten Klassenarbeit eine Fünf, eine andere brach sich beim Sport das Handgelenk und konnte eine Weile nicht mehr Fahrrad fahren, was uns jeden Tag an unsere sträfliche Tat erinnerte, denn wir dachten alle dasselbe: das ist die Strafe! Und als wir übriggebliebenen Drei daraufhin einen für uns unerklärlichen Fahrradunfall hatten, bekamen wir es mit der Angst. Wie immer bei schönem Wetter nahmen wir eine Abkürzung durch den Wald, einen sehr schmalen Pfad entlang, auf dem wir hintereinanderfahren mußten. An diesem Tag blockierte aus rätselhaften Gründen das Vorderrad der Anführerin unserer kleinen Kolonne. Wir fuhren alle ineinander, stürzten und trugen zahlreiche Blessuren davon. Anderntags legten wir eine Mark zurück in den Opferstock, um der Pechsträhne ein Ende zu setzen. Und wirklich passierte danach nichts mehr. Aberglaube oder nicht, ich denke, der Himmel hat uns unsere Jugendsünde inzwischen verziehen.

Ein anderes Erlebnis dieser Art ist zwar etwas anekdotenhafter, aber ebenfalls ein Beispiel für das herabgesetzte Unrechtsbewußtsein eines Junkies und dafür, mit welcher Leichtigkeit kriminelle Energien freigesetzt werden, wenn es um seinen Stoff geht.

Ich besuchte der Mathematik wegen häufig einen Schulfreund aus, wie man so sagt, gutem Hause – Vater Professor, Mutter Politikerin. Das Regiment führte eine Haushälterin, die sich heimlich an den Zigaretten des Professors schadlos hielt, was mein Schulfreund eines Tages entdeckte. Er behielt sein Wissen für sich und stahl nun wiederum die Zigaretten seines Vaters bei der Haushälterin. Auf diese Weise waren wir stets ausreichend versorgt – und hatten, obwohl wir auch nicht besser waren als die Hausangestellte, kein schlechtes Gewissen.

Eine neue Zigarette ist auf dem Markt, welche die alten Zeiten wiederaufleben läßt, denn sie schmeckt wie die Zigaretten, die ich in jungen Jahren geraucht habe – und sie fühlt sich auch so an. Eine Soft-Packung, weich und glatt – es knistert, wenn man eine Zigarette herausnimmt – wie zur Zeit meiner ersten Liebe. Thomas Mann hat recht: Rauchen ist ein erotisches Vergnügen.

Auf der Verpackung ist ein Indianer mit einem ›Rauchrohr‹ abgebildet, eine Anspielung auf die Zeit der Mayaherrschaft im heutigen Mexiko, wo den Spaniern, wie Conte Corti schreibt, »aus Höflichkeit und zum Zeichen des Friedens und der Freundschaft rauchender Tabak angeboten wurde, wie er sonst als Weihrauch in den Tempeln gespendet wurde. Mit Staunen sahen die Spanier dabei, wie die Rauchrohre kunstvoll mit Tier- und Menschengestalten sowie mit Blumen bemalt waren.« Historisch kritischen Menschen fällt dabei natürlich ein, was die Eroberer mit den Indianern gemacht haben … Aber die Packung an sich ist ein ästhetischer Genuß. Und auch ihr Inhalt ist ein Genuß – denn die Zigaretten bestehen zu 100 % aus Tabak! Der Name der Marke ist in Anbetracht der Antiraucherpolitik in Amerika und des ihr zugrundeliegenden Geistes allerdings ein Witz: *Natural American Spirit.*

Auf der Packung steht tatsächlich: 100 % WHOLE LEAF TOBACCOS. Normalerweise verhält sich das heutzutage anders. In einem Artikel der FAZ war kürzlich zu lesen (es geht um Lungenkrebs): »Die mehr als viertausend Chemikalien im Rauch des High-Tech-Produkts Zigarette, die solche fatalen Wirkungen erzeugen, sind zum großen Teil längst bekannt. Mindestens sechzig dieser Stoffe, deren krebs- oder suchterzeugendes Potential längst vor der Publikation der Künastschen Liste dingfest und öffentlich gemacht worden war, sind im Verkehr …« Und in demselben Artikel steht: »In neunzig Prozent der Fälle ist der langjährige Nikotingebrauch der Auslöser.« Das ist irreführend. Denn nicht das im sauberen Tabak enthaltene Nikotin ist hauptsächlich schuld, denke ich, sondern die zugesetzte Chemie, oder?

Auch über die nikotinischen Acetylcholin-Rezeptoren stand wieder etwas in der Zeitung. Mäuse haben sie auch. Und bei Laborversuchen mit Mäusen hat man nun herausgefunden: »Nikotin hat zwei Gesichter. Zum einen kann es die kognitiven Fähigkeiten und die Stimmung verbessern, zum anderen macht es abhängig. […] Die zwei Wirkungen des Nikotins –

die anregende und die zur Abhängigkeit führende – lassen sich offenbar nicht von einander trennen.«

Die armen Mäuse! Ich fühle mich durch diese Aussage an Mosch Terpin erinnert, eine Figur aus E. T. A. Hoffmanns Märchen *Klein Zaches genannt Zinnober*. Mosch Terpin ist nämlich ein bekannter Professor der Naturkunde, von dem es heißt: »Seinen Ruf begründete er zuerst dadurch, als er es nach vielen physikalischen Versuchen glücklich herausgebracht hatte, daß die Finsternis hauptsächlich von Mangel an Licht herrühre.«

Es ist unbestritten, daß Tabak süchtig machen kann. Wer weiß das besser als ich? Aber süchtig und todkrank werden kann man beispielsweise auch von Rotwein, Coca Cola und Schokolade (und vermutlich sind alle Genußmittel lebensgefährlich, denen man mehr als viertausend Chemikalien zusetzt). Nur ist es so: Bei allen süchtig machenden Produkten außer dem Tabak, allen voran der Alkohol, unterscheidet man akribisch zwischen Gebrauch und Mißbrauch. Warum unterscheidet man also nicht zwischen Gelegenheitsrauchern, Gewohnheitsrauchern, Suchtrauchern, zwischen Tabakgenuß und Tabaksucht? Darauf lege ich großen Wert, denn *ich* bin inzwischen eine Gelegenheits- und Genußraucherin.

Nicht nur die Tabakprodukte, auf deren Verpackung *Rauchen kann tödlich sein* steht, sind möglicherweise tödlich. Alles kann tödlich sein – die Dosis macht das Gift.

Doch die meisten Tabakgegner sind fanatisch – und Fanatiker verlieren ihre Objektivität. Zu verdanken, daß es dieser Spezies bisher (noch) nicht gelungen ist, den Tabak endgültig und weltweit zu einer illegalen Droge erklären zu lassen, ist es neben den lukrativen steuerlichen Einkünften wahrscheinlich seinem legendären Ruf als Heilmittel in der Geschichte der Medizin.

Conte Corti schreibt in seiner *Geschichte des Rauchens*: »Auch hier war der Verbreitung die Meinung sehr förderlich, daß der Rauch ein außerordentliches Desinfiziens und Vorbeugemittel gegen Seuchen sei. Von einem Arzt ist aus dem Jahre

1636 überliefert, daß er den Tabak als wirksamstes Mittel gegen die Pest angesehen hat:

> »Im Verlaufe des Tages nach jeder Mahlzeit rauchte ich. Sobald mir die Ausdünstungen der Kranken unerträglich wurden, ließ ich augenblicklich alles liegen und rauchte Tabak. [...] Eines Tages, als ich zu einem Kranken kam, fiel mir der Pestdampf auf die Brust, und ich fühlte alle Anzeichen der Ansteckung: Schwindel, Ekel, Angst. Ich machte daher den Besuch kurz ab und eilte nach Hause, wo ich sechs bis sieben Pfeifen rauchte. Ich fühlte mich bald hergestellt...«

In einer Fußnote merkt Corti an, daß sich die Gelehrten über die Frage nach der desinfizierenden Wirkung des Tabaks noch immer streiten, und nennt dazu ein Werk aus dem Jahr 1927, *Tobacco and Physical Efficiency* von Pierre Schrumpf-Pierron, indem etwa gleich viele Ärzte für wie gegen diese Wirkung plädieren.

Heute hört sich die Meinung über den Tabak im Wissenschaftsteil der FAZ so an: »Die Tabakindustrie steht am Pranger. [Zu Recht, was die Verunreinigung von Zigaretten angeht!] Ihre Idee, Zigaretten als eine Art Lebenselixier der Erfolgreichen, Besseren und Schöneren anzupreisen, vermag dem häßlichen Bild, das die medizinische Wirklichkeit abgibt, nicht mehr standzuhalten.« Das ärgert die fanatischen Nichtraucher wahrscheinlich am meisten: Daß so viele erfolgreiche Künstler, Schriftsteller, Politiker, Denker und Philosophen bis ins hohe Alter rauchen – und der Tabak in der Tat ein Lebenselixier für sie ist, eine Quelle ihrer Inspiration und Energie.

Einer von ihnen, ein ganz Großer, war Gustave Flaubert.

Gustave Flaubert starb mit der Pfeife im Mund: »Als der Arzt eingetreten war, hatte die Pfeife Flauberts noch geraucht. Einige Minuten später stand das Herz still«, schreibt der Biograph Jean de La Varende.

Wahrscheinlich ist es für einen leidenschaftlichen Raucher nicht die schrecklichste Vorstellung, rauchend zu sterben. Vielleicht, um im Sinne Hans Castorps zu sprechen, hält er sogar das Sterben besser aus, solange er noch etwas zu rauchen hat. Bei diesem Gedanken fällt mir das Bild des sterbenden Western-Helden ein, dem der Partner eine brennende Zigarette zwischen die Lippen steckt. Und man weiß von zum Tode Verurteilten, die als letzten Wunsch vor ihrer Hinrichtung äußern, noch eine Zigarette rauchen zu dürfen.

Doch bleiben wir bei Flaubert. »Der Morgen dieses Tages hatte für Flaubert angefangen wie immer«, berichtet Jean de La Varende. »Da er während der Nachtstunden schwer gearbeitet hatte, stand er erst um halb elf Uhr auf; wie gewöhnlich nahm er ein sehr heißes Bad, in dem er pfeiferauchend die Post zu lesen pflegte und oft nochmals einschlief.« Ein entschieden ungesunder Lebenswandel, angesichts dessen sich Gesundheitsaposteln die Haare sträuben. Aber warum ist das so? Warum treiben viele Künstler, zumal Schriftsteller, einen so offenkundigen Raubbau mit ihrer Gesundheit?

Der Begriff Raubbau bedeutet – so steht es im Lexikon – die »Wirtschaftsweise, bei der ein möglichst hoher Ertrag erstrebt, aber die Weiterentwicklung der Erzeugungsgrundlagen nicht gesichert wird.« Bei dieser ›Wirtschaftsweise‹ Flauberts sind einige der großartigsten Romane der Weltliteratur entstanden. Oder sollte man sagen: aufgrund?

Es gibt das geflügelte Wort: *Ideen zu haben ist göttlich, sie umzusetzen ist die Hölle.* Erfolgreiche Autoren bestätigen dies. So sagt Oscar Wilde: »Manchmal denke ich, das Leben des

Künstlers sei ein langer und süßer Freitod«; und die Bestsellerautorin Erica Jong: »Und Schreiben verlangt viel Energie – mehr Energie, als man je zu besitzen glaubt.«

Man kann es auch ganz prosaisch ausdrücken: Ein Buch zu schreiben ist eine Tortur – mental wie physisch. Und dabei muß man sich bei Laune halten. Die einen tun dies mit Tee oder Kaffee – kannenweise, bei Graham Greene war es der trockene Martini am Nachmittag, und bei fast allen ist es der Tabak. Und manchmal, trotz aller Stimulanzien, ist das Ergebnis eines Tages deprimierend. In einem Brief schreibt Flaubert, er habe den Vormittag damit verbracht, ein Komma zu setzen, und den Nachmittag damit, es wieder zu löschen. Über die Arbeit an seinem Roman *L'Education sentimentale* oder auch *Lehrjahre des Herzens*, einem der wunderbarsten Bücher des 19. Jahrhunderts, sagt er: »Das Drecksding von einem Roman erschöpft mich bis in die Knochen ... Ich bin hundemüde ... Ich werde mich nicht noch mal darauf einlassen, Bürgersöhne zu beschreiben, es wird Zeit, etwas anzufangen, was mir Spaß macht ...«

Und dennoch träumt der Held dieses Romans davon, Schriftsteller zu werden.

Frédéric Moreau, so heißt der Protagonist der *Lehrjahre*, wird gegen Ende des Romans gemeinsam mit einem Jugendfreund Rückschau auf sein Leben halten. »Und sie gruben ihre Jugend aus und schlossen jeden Satz: ›Erinnerst du dich?‹«

Sie erinnern sich an alles, was wichtig war in ihrem Leben, nicht nur an die Liebe, sondern auch – wie alle leidenschaftlichen Raucher – an »die ersten Pfeifen, die sie rauchten« ...

Wie im *Zauberberg* gibt es auch in den *Lehrjahren* einen Zusammenhang zwischen Liebe und Tabak – und manchmal hat man das Gefühl, Rauchen sei wichtiger – zumal Frédérics Leidenschaft für die Frau unerfüllt bleibt. Der Tabak tritt, so könnte man sagen, an die Stelle der Liebe, wie eine Ersatzdroge, oder mit Connie Palmen: als Liebe ohne Geliebte, aber eine Liebe, die dauert.

Daß Frédéric Madame Arnoux, der Liebe seines Lebens, begegnet, ist ursächlich den Zigarren zu verdanken, die ihr Gatte raucht. Denn über das gemeinsame Rauchen kommen Arnoux und Frédéric ins Gespräch, in dessen Folge der junge Mann die Frau des anderen kennen- und liebenlernt:

»Dann bot er allen in der Runde Zigarren an«, schreibt Flaubert. »Doch die Gesellschaft langweilte ihn, wie es schien, und er entfernte sich von ihr, Frédéric mit ihm.

Zuerst sprach man über die einzelnen Tabaksorten, dann natürlich über die Frauen.« (Man beachte die Themenfolge!)

Madame Arnoux wird ihrem Mann treu bleiben, und Frédéric »wird das Opfer einer aussichtslosen Leidenschaft, die sich auch dadurch nicht stillen läßt, daß er sich in rein berechnender Untreue mit einem Freudenmädchen und einer verderbten großen Dame einläßt. Endlich wird das Bild der begehrten Frau in seiner Phantasie übermächtig, er schickt seine zwei raschen Eroberungen fort und bleibt zurück, ziemlich einsam, skeptisch und im Grunde müde und enttäuscht«, kommentiert Jean de La Varende.

Das Rauchen hat diese Liebesgeschichte eingeläutet – und es läßt sie auch ausklingen.

Madame Arnoux, inzwischen weißhaarig, besucht Frédéric und gesteht ihm ihre Liebe. Während eines Spaziergangs sagt sie, der Vergangenheit gedenkend: »Manchmal kommen Ihre Worte zu mir wie ein fremdes Echo, wie der Schall einer Glocke, den der Wind zu mir weht; und mir ist, als wären Sie da, wenn ich in Büchern die Schilderung einer Liebe lese.« Doch es ist zu spät:

> »Als sie sein Zimmer wieder betraten, setzte sie ihren Hut ab. Die Lampe auf der Konsole beleuchtete ihr weißes Haar. Es war ihm wie ein Stoß gegen die Brust. [...]
>
> Frédéric glaubte, Frau Arnoux sei gekommen, um sich ihm hinzugeben; und wieder überwältigte ihn eine

Begierde, stärker als je, wütend, rasend. Und dennoch war irgend etwas Unsagbares in ihm, ein Widerstreben, etwas wie Grauen vor Blutschande. Noch eine andere Furcht hemmte ihn, die vor dem Ekel nachher. Und welche Schwierigkeiten konnten übrigens daraus erwachsen! Und zugleich aus Klugheit, um sein Ideal nicht zu entweihen, ging er fort von ihr und drehte sich eine Zigarette. [...]

Es schlug elf. ›Schon‹, sagte sie. ›In einer Viertelstunde gehe ich.‹

Sie setzte sich wieder; doch sie beobachtete die Uhr, und er durchmaß rauchend das Zimmer. Sie hatten sich nichts mehr zu sagen. Beim Abschied gibt es einen Moment, wo die geliebte Person schon nicht mehr bei uns ist.«

Ein Mann, mit dem ich schon eine ganze Weile Blickkontakt hatte, fragte mich »Haben Sie Feuer?« So kamen wir ins Gespräch. Das war wohl auch seine Absicht, denn später zog er in Gedanken sein eigenes Feuerzeug aus der Tasche ...

Haben Sie Feuer? Rauchen Sie? Zigaretten anbieten, Feuer geben – gesellschaftlich ritualisierte Flirtsignale, so selbstverständlich geworden, daß viele Nichtraucher immer ein Feuerzeug bei sich tragen, um keine Gelegenheit zu verpassen. Sollte es zu einem generellen Rauchverbot in Hotelbars, Clubs und Theaterfoyers kommen, bin ich gespannt, was an die Stelle der Ritualisierung des Rauchens zur Flirtanbahnung treten wird. Mir fällt nichts ein, was so beiläufig bei minimalem Einsatz maximale Chancen bietet. Man ist nicht sofort durchschaut – wie bei einer Einladung zu einem Glas Sekt –, denn es könnte ja wirklich nur ums Rauchen gehen. Der Zigaretten-Flirt ist spannender, geheimnisvoller ...

Rauchen als Katalysator in der Liebe – in diesem Sinne hat bereits Gustave Flaubert das Rauchen als Stilmittel eingesetzt;

natürlich: dem Geist seiner Zeit angepaßt, liest es sich entsprechend poetisch. So auch in dem wohl berühmtesten seiner Romane, *Madame Bovary.*

Emma Bovary, die Heldin der Geschichte, ist eine unglückliche (heute würde man sagen: frustrierte) Frau in der Provinz, die an der Seite ihres ungeliebten, langweiligen Ehemanns Charles von Paris, dem Glück und der Liebe träumt. Nahrung erhalten diese Träume durch eine Begegnung, die sich als Initiation erweisen wird – Emma wird versuchen, ihre Träume um jeden Preis zu realisieren. »Da, gegen Ende des Septembers, geschah etwas ganz Besonderes in ihrem Leben. Bovarys bekamen eine Einladung nach Vaubyessard, zu dem Marquis von Andervilliers«, schreibt Flaubert.

Dieser Abend im Schloß des Marquis ist für Emma endlich ein Stück ›große Welt‹, ein Eindruck, den sie nie mehr vergessen wird und der ihr weiteres Leben bestimmt.

Einer der Gäste, »den man schlechtweg ›Vicomte‹ nannte – die weit ausgeschnittene Weste saß ihm wie angegossen« – ist der Star des Abends und Hahn im Korb bei den Damen. Emma beobachtet, »daß in der Mitte des Saales eine der Damen auf einem Taburett saß, während drei der Herren vor ihr knieten. Der Vicomte war darunter. Er war der Bevorzugte.« Und ausgerechnet diese Lichtgestalt fordert Emma zum Tanzen auf und tanzt mit ihr den ganzen Abend. »Das waren Walzertänzer! Sie fanden kein Ende.« Doch auch dieser Abend geht vorbei, und am nächsten Tag muß Emma wieder zurück in ihr verhaßtes Einerlei:

> »Walzerklänge summten ihr noch in den Ohren. Emma hielt sich gewaltsam wach, um den eben erlebten Märchenglanz, ehe er ganz wieder verronnen, noch ein wenig zu besitzen. –
>
> Der Morgen dämmerte. Sie schaute hinüber nach den Fensterreihen des Mittelbaues, lange, lange, und versuchte zu erraten, wo die einzelnen Personen alle wohnten, die

sie diesen Abend beobachtet hatte. Sie sehnte sich danach, etwas von ihrem Leben zu wissen, eine Rolle darin zu spielen, selber darin aufzugehen.«

Auf der Heimfahrt nun ereignet sich etwas Signifikantes:

»Auf der Höhe von Thibourville wurden sie plötzlich von ein paar Reitern überholt. Lachende Gesichter und Zigarettenrauch. Emma glaubte den Vicomte zu bemerken. Sie schaute ihm nach, aber sie vermochte nichts zu erkennen als die Konturen der Reiter, die sich vom Himmel abhoben und sich im Rhythmus des Trabes auf und nieder bewegten.

Wenige Minuten später mußten sie haltmachen, um die zerrissene Hemmkette mit einem Strick festzubinden. Als Charles das ganze Geschirr noch einmal überblickte, gewahrte er zwischen den Beinen seines Pferdes einen Gegenstand. Er hob eine Zigarrentasche auf; sie war mit grüner Seide gestickt und auf der Mitte der Oberseite mit einem Wappen geschmückt.

›Es sind sogar zwei Zigarren drin!‹ sagte er. ›Die kommen heute abend nach dem Essen dran!‹

›Du rauchst demnach?‹ fragte Emma.

›Manchmal, gelegentlich.‹«

Tatsächlich ist Charles Bovary alles andere als ein leidenschaftlicher Raucher. Er raucht so, wie er alles tut: mittelmäßig, ohne jede Eleganz und Erotik. Seine Art zu rauchen widert Emma an, so wie alles an ihm sie anwidert. Charles ist im Gegensatz zu seiner Frau froh, wieder zu Hause zu sein. »Zu Hause ist's doch am schönsten«, sagt er. Für ihn war der Abend im Schloß eine Qual. »Er hatte sich ›die Beine in den Bauch gestanden‹. Ohne sich zu setzen hatte er sich fünf Stunden hintereinander bei den Spieltischen aufgehalten ...« Als er nun von diesen Zigarren raucht, für Emma ein Souvenir aus

›dem Land ihrer Träume‹, das er mit seiner Gewöhnlichkeit entweiht, kennzeichnet dieser Akt des Rauchens die Lieblosigkeit in der Ehe der Bovarys, ein Katalysator mit entgegengesetzter Wirkung, die Beschleunigung der Entfremdung:

»Charles brannte sich eine der Zigarren an. Er rauchte mit aufgeworfenen Lippen und spuckte dabei alle paar Minuten, und bei jedem Zuge lehnte er sich zurück, damit ihm der Rauch nicht in die Nase stieg.

›Das Rauchen wird dir nicht bekommen!‹ bemerkte Emma verächtlich.

Charles legte die Zigarre weg, lief schnell an die Pumpe und trank gierig ein Glas frisches Wasser. Währenddessen nahm Emma die Zigarrentasche und warf sie rasch in einen Winkel des Schrankes.

Der Tag war endlos: dieser Tag nach dem Feste!«

Um diese Zigarrentasche, im Andenken an den anderen Mann ein Symbol der Liebe, ranken sich von nun an all ihre Tagträume: »Oft, wenn Charles unterwegs war, holte Emma die grünseidene Zigarrentasche aus dem Schrank, wo sie unter gefalteter Wäsche verborgen lag. Sie betrachtete sie, öffnete sie und sog sogar den Duft ihres Futters ein, das nach Lavendel und Tabak roch. Wem mochte sie gehört haben? Dem Vicomte? Vielleicht war es ein Geschenk seiner Geliebten. Gewiß hatte sie die Stickerei auf einem kleinen Rahmen von Palisanderholz angefertigt, ganz heimlich, in vielen, vielen Stunden, und die weichen Locken der träumerischen Arbeiterin hatten die Seide gestreift. Ein Hauch von Liebe wehte aus den Stichen hervor.« Später in der Geschichte wird Emma *ihrem* Geliebten eine ebensolche Zigarrentasche anfertigen. Doch vorerst muß sie von ihren Träumereien zehren. »Und was sie auch las, überall hinein drangen ihre Reminiszenzen an den Vicomte«, heißt es.

Endlich glaubt sie in Rodolphe Boulanger, dem neuen Besitzer eines Rittergutes in der Nähe, einen Ersatz für ihren Vicomte gefunden zu haben. »Der Vicomte, mit dem sie im Schlosse Vaubyessard getanzt hatte, kam ihr in den Sinn. Sein Bart hatte genauso geduftet wie dieses Haar, nach Vanille und Zitronen. Unwillkürlich schloß sie die Augenlider, um den Geruch stärker zu spüren. [...] Die süße Empfindung seiner Nähe vermählte sich mit den alten Gelüsten ...«

Doch Rodolphe Boulanger ist ein unsentimentaler Verführer, der genau weiß, was mit Emma los ist und was er will: »Arme kleine Frau! So was schnappt nach Liebe wie ein Karpfen auf dem Küchentisch nach Wasser! Drei nette Worte, und sie ist futsch! Sicherlich! Das wär was fürs Herze! Charmant! Aber wie kriegt man sie hinterher wieder los.«

Natürlich wird sie seine Geliebte. Und während Emma nach der Liebe noch ganz entrückt ist, heißt es: »Rodolphe rauchte eine Zigarette und stellte mit Hilfe seines Taschenmessers einen zerrissenen Zügel wieder her. [...] Was Rodolphe in der Tat nicht begriff, das war ihr ganzes aufgeregtes Wesen bei einer so einfachen Sache wie der Liebe.«

In der Beziehung zwischen Emma und Rodolphe steht das Rauchen für sexuelle Lust – und für Rebellion gegen gesellschaftliche Zwänge:

> »Aber mit der Überlegenheit, die kritischen Naturen eigentümlich ist, die immer Herr ihrer selbst bleiben, entlockte Rodolphe auch dieser Liebschaft neue Genüsse. Er nahm keine ihm unbequeme Rücksicht auf Emmas Schamhaftigkeit mehr. Er behandelte sie bar jedes Zwanges. Er machte sie zu allem fügsam und verdarb sie gründlich. [...] Wollüstig empfand sie Glückseligkeiten, die sie von Sinnen machten. Ihre Seele ertrank in diesem Rausche.
>
> Der Wandel in erotischen Dingen bei ihr begann sich in ihrem äußerlichen Wesen zu verraten. Ihre Blicke wur-

den kühner, ihre Rede freimütiger. Sie hatte sogar den Mut, in Begleitung Rodolphes, eine Zigarette im Munde, spazierenzugehen, ›um die Spießer zu ärgern‹, wie sie sagte«.

Das macht sie zwar noch nicht zur Raucherin, doch ihr Ruf ist beschädigt. (In Guy de Maupassants Roman *Bel-Ami*, der rund drei Jahrzehnte später erscheint, ist es selbstverständlich, daß eine emanzipierte Frau raucht.)

Als Emma ernst macht und mit Rodolphe fliehen will, nimmt er die Sorge um ihren Ruf, um ihre zukünftige »Stellung in der Welt«, dann auch zum Vorwand, die Beziehung zu beenden. »Die Welt ist grausam, geliebte Emma«, schreibt er in einem Abschiedsbrief. »Man hätte uns überall, wohin wir gekommen wären, Schwierigkeiten bereitet. Du hättest unverschämte Fragen, Verleumdungen, Schmähungen und vielleicht Beleidigungen über Dich ergehen lassen müssen.«

Nachdem Rodolphe den Brief verschlossen hat, greift er zur Pfeife. Wie in den *Lehrjahren* besiegelt der Tabak auch in diesem Roman das Ende einer Liebe. »Er rauchte noch drei Pfeifen und ging dann schlafen«, schreibt Flaubert.

Vielleicht hätte Emma die Trennung besser verkraftet, wenn sie sich auf die gleiche Weise hätte trösten können.

Obwohl die rauchenden Helden in der Literatur meistens besser davonkommen als die Nichtraucher, wollte ich mein Leben nicht als Junkie beschließen und entschloß mich zu einem neuen Selbstversuch. Um die vermeintlichen Fallstricke zu umgehen, die ich für das Mißlingen des letzten Versuchs verantwortlich machte, genehmigte ich mir fünf anstatt drei Zigaretten täglich – und die durfte ich rauchen, wann ich wollte.

Nun geriet ich erst recht in einen permanenten Psychostreß. Wann war der richtige Zeitpunkt zum Rauchen? Sollte ich die ruhig jetzt schon – oder lieber bis zum Abend warten? Dafür mußte ich rechtzeitig wissen, wie der Abend ablaufen sollte!

Das Schlimmste war das Zählen. Ich wurde richtig neurotisch, indem ich mich ständig vergewisserte, wie viele Zigaretten ich noch rauchen durfte. Auch mein Mann, der damals noch Zigaretten rauchte, geriet in den Bann meiner Verhaltensgestörtheit. Sätze wie »Hast du von meinen Zigaretten geraucht?« oder »Ich nehme mal eine von deinen« wurden zu einem festen Bestandteil unserer täglichen Kommunikation. Kurz: Obwohl ich weniger rauchte, hatte mich die Sucht mehr im Griff als zuvor, mein ganzes Denken drehte sich hauptsächlich um die Organisation des Tagesablaufs in Hinsicht auf die bestmögliche Einteilung dieser fünf Zigaretten – und Sucht beginnt im Kopf.

Natürlich passierte es, daß mal jemand, der nichts von meinem Spleen wußte, eine von meinen Zigaretten rauchte – und dann ziemlich befremdet guckte, wenn ich gleich darauf zu zählen anfing.

Eine solche Lebensweise kann man nicht durchhalten, und bevor ich Gefahr lief, völlig durchzudrehen, begann wieder der Selbstbetrug mit der *Ausnahme* und kündigte das Ende auch dieses Versuchs an.

Wieder kam ich mir lächerlich vor in diesem Kleinkrieg gegen das Rauchen. Gab es denn nichts Wichtigeres im Leben? Hätte beispielsweise Simone de Beauvoir je ihre Zeit so sinnlos vertan? Nein, sie hat gearbeitet – genau wie Sartre – und dabei geraucht. Und viele erfolgreiche Frauen haben es ebenso gemacht.

Vermutlich gibt es auch bei Frauen einen Zusammenhang zwischen intellektuellen Berufen und dem Rauchen.

Wie bei Gustave Flaubert ist das Rauchen in Guy de Maupassants Roman *Bel-Ami* ein Katalysator – aber nicht für die Liebe, sondern für den Beruf, und zwar dank der Arbeit einer

Frau, einer rauchenden Frau, ohne die Bel-Amis Erfolgsstory keinen Anfang genommen hätte.

Wir erinnern uns: Der junge Georges Duroy und spätere Bel-Ami kommt nach Paris – völlig mittellos (und auch noch ziemlich mittelmäßig) – und trifft dort seinen ehemaligen Regimentskameraden Charles Forestier, der inzwischen ein sehr erfolgreicher Journalist ist. Forestier besorgt ihm einen Job bei der *Vie Française*, einer Zeitung, deren politischen Teil er leitet. Das Problem ist, Georges Duroy hat noch nie einen Artikel geschrieben und keine Ahnung, wie man so was macht. Forestier schickt den Freund zu seiner Frau, Madeleine, die ihm helfen soll. Duroy geht hin:

»Er stammelte: ›Oh, Madame, ich habe nicht heraufkommen wollen, aber Ihr Gatte, dem ich unten begegnet bin, hat mich dazu gezwungen. Ich bin dermaßen in Verlegenheit, daß ich gar nicht zu sagen wage, was mich herführt.‹

Sie deutete auf einen Sessel.

›Setzen Sie sich und sprechen Sie.‹

Sie spielte mit einem Gänsekiel, den sie flink zwischen zwei Fingern hin und her drehte; vor sich hatte sie ein großes, zur Hälfte beschriebenes Blatt Papier liegen; beim Eintritt des jungen Mannes hatte sie ihre Arbeit unterbrochen.

Sie schien sich an diesem Arbeitstisch ganz in ihrem Element zu fühlen, genauso sicher wie in ihrem Salon, als wäre das ihre gewöhnliche Beschäftigung. [...]

Da er nicht sprach, begann sie von neuem:

›Nun, sagen Sie, was gibt es denn?‹

Er murmelte zögernd: ›[...] und ich bringe nichts Rechtes zustande ... ich habe alle meine Versuche zerrissen ... ich bin an diese Art Arbeit nicht gewöhnt, und ich wollte Forestier bitten, mir zu helfen ... dieses eine Mal ...‹

Sie unterbrach ihn lachend, glücklich, froh und geschmeichelt:

›Und er hat Ihnen gesagt, Sie sollten zu mir kommen. Das ist wirklich nett …‹

›Ja, Madame. Er hat mir gesagt, daß Sie mir besser aus der Verlegenheit helfen würden als er … Aber ich, ich habe es nicht gewagt; Sie verstehen.‹

Sie stand auf.

›Aber das wird ja reizend sein, so zusammen zu arbeiten. Ich finde Ihren Einfall entzückend. Kommen Sie, setzen Sie sich an meinen Platz, denn in der Zeitung kennt man meine Handschrift. Wir werden ihnen einen Artikel hinlegen, einen Artikel, sage ich Ihnen, der Erfolg haben wird.‹

Er setzte sich, ergriff eine Feder, breitete ein Blatt Papier vor sich aus und wartete.

Madame Forestier war stehen geblieben und sah ihm zu, wie er seine Vorbereitungen traf; dann langte sie nach einer Zigarette auf dem Kamin und zündete sie an.

›Ich kann nicht arbeiten, ohne zu rauchen‹, sagte sie. ›Also, was wollen Sie erzählen?‹«

Der Artikel, den Madame Forestier Bel-Ami in die Feder diktiert, wird ein Erfolg – wie alles, was sie in die Hand nimmt. Sie hilft nicht nur Bel-Ami, sie schreibt auch die Artikel ihres Mannes, pflegt wichtige politische Verbindungen, zieht die Fäden im Hintergrund, ist die Weichenstellerin seiner Karriere.

Nicht nur bei der Arbeit, auch bei üppigen Diners im Chambre séparée eines vornehmen Restaurants wird geraucht. »Diese kleinen Gelage sind sehr unterhaltend für uns Frauen, die wir nicht an so etwas gewöhnt sind«, heißt es. Und weiter: »Man zündete sich eine Zigarette an …« Doch eines Tages verträgt Charles Forestier den Rauch nicht. Er ist krank – schon als er Bel-Ami wiedertrifft. Er leidet unter Schwindsucht, und er wird daran sterben.

Bel-Ami nimmt seinen Platz ein, bei seiner Frau, bei der

Zeitung und in der Gesellschaft. Madeleine baut ihn auf wie zuvor Forestier – und sie trifft mit ihm ein Abkommen:

»Die Ehe ist für mich keine Kette, sondern eine Gemeinschaft. Ich erwarte, daß ich frei bin, ganz und gar frei in meinen Handlungen, meinen Schritten, meinem Kommen und Gehen, immer. Ich könnte weder Kontrolle noch Eifersucht dulden, noch irgendwelche Erörterungen über mein Verhalten. Ich würde mich selbstverständlich verpflichten, den Namen des Mannes, den ich geheiratet habe, nie zu kompromittieren, ihn nie verachtenswert oder lächerlich zu machen. Aber dieser Mann müßte sich ebenfalls verpflichten, in mir eine Gleichberechtigte zu sehen, eine Verbündete und nicht eine Untergebene oder eine gehorsame und unterwürfige Ehefrau.« (Und das im Jahr 1884!)

Doch Bel-Ami wird sie verraten. Er hat Blut geleckt, und als er die Möglichkeit sieht, die Tochter des Besitzers der *Vie Française* heiraten zu können, muß er Madeleine loswerden. Um sich von ihr scheiden lassen zu können, richtet er es so ein, daß er sie in flagranti mit einem anderen Mann erwischt.

Doch Madeleine ist eine Frau, die sich von diesem Schlag erholen wird: Vor der Trauung Bel-Amis mit der Verlegertochter unterhalten sich zwei Kollegen:

»Norbert de Varenne, der einen Freund suchte, erblickte Jacques Rival in einer der mittleren Sesselreihen und gesellte sich zu ihm.

›Ja, ja‹, sagte er, ›die Zukunft gehört den pfiffigen Leuten!‹

Der andere, der keineswegs neidisch war, antwortete:

›Um so besser für ihn! Er ist ein gemachter Mann.‹

Und sie nannten einander die Namen der Leute, deren sie ansichtig wurden. Rival fragte:

›Wissen Sie, was aus seiner Frau geworden ist?‹

Der Dichter lächelte.

›Ja und nein. Sie lebt zurückgezogen, hat man mir

gesagt, im Quartier Montmartre. Aber … es gibt ein Aber … ich lese seit einiger Zeit in der *Plume* politische Artikel, die denen von Forestier und von Du Roy [diese Schreibweise hatte sich Madeleine für ihn ausgedacht] verflucht ähnlich sind. Sie sind von einem gewissen Jean Le Dol, einem jungen Mann, einem hübschen Kerl, intelligent, vom gleichen Schlag wie unser Freund Georges, der die Bekanntschaft von dessen ehemaliger Frau gemacht hat. Woraus ich geschlossen habe, daß sie eben die Anfänger liebt und sie ewig lieben wird. Sie ist übrigens reich. Vaudrec und Laroche-Mathieu sind nicht umsonst ständige Gäste in ihrem Haus gewesen.‹«

Selbst bei der Aufdeckung ihres Ehebruchs hatte sie die Fassung behalten:

»Madeleine hatte ihre Kaltblütigkeit wiedergefunden, und da sie alles verloren sah, war sie bereit, alles zu wagen. Verwegener Trotz blitzte aus ihren Augen. Sie rollte ein Stück Papier zusammen und zündete, wie für einen Empfang, die zehn Kerzen in den häßlichen Leuchtern an, die auf den Kaminecken standen. Dann lehnte sie sich an den Marmor und streckte einen ihrer bloßen Füße zum verglimmenden Feuer hin, so daß ihr Unterrock, der lose auf ihren Hüften saß, hinten hochgeschoben wurde, nahm eine Zigarette aus einer rosa Papierschachtel, zündete sie an und begann zu rauchen.«

Die intellektuelle Frau, die verruchte Frau, die Femme fatale – Frauen, die gegen die Norm verstoßen, rauchen. Auch im Film wird das unkonventionelle oder ordinäre Verhalten einer Frau gern mit einer Zigarette hervorgehoben – durch die Art, wie und in welchen Situationen sie raucht.

In *Wer hat Angst vor Virginia Woolf?*, dem verbalen Machtkampf zwischen Ehepartnern, gespielt von Richard Burton und Elizabeth Taylor, raucht die Ehefrau, eine ordinäre Alkoholikerin, die alles niederwalzt wie eine Dampfmaschine, hektisch, fahrig, gierig. Er, der resignierte und verletzte Ehemann, weigert sich in einer Szene, ihr Feuer zu geben – ein exemplarischer Liebesentzug.

Eine komische Variante gibt es in der Krimikomödie *Über den Dächern von Nizza*: Eine reiche Amerikanerin – ursprünglich aus einfachen Verhältnissen – bewohnt in Nizza zusammen mit ihrer Tochter (Grace Kelly, die sich in einen ehemaligen Juwelendieb [Cary Grant] verlieben wird) eine Suite in einem Luxushotel. Sie raucht, wenn sie ihrer Tochter, deren Höhere-Töchter-Allüren ihr auf die Nerven gehen, die Leviten liest oder wenn der Versicherungsagent sie zu überreden versucht, ihren Schmuck im Hotelsafe zu deponieren (»Und was soll ich tun, wenn ich ausgehe? Mir den Safe um den Hals hängen?« [...] »Ich hänge an meinen Schmuckstücken nicht mehr als an irgendeiner Fahrkarte, die mich irgendwohin bringt.«). Das ganze vornehme Getue interessiert sie nicht, und als ihr Schmuck tatsächlich gestohlen wird, ist ihr die Aufregung lieber als die Versicherungssumme. Sie redet schon mal ein paar Takte mit der Zigarette im Mund und unterstreicht ihre resoluten Worte, indem sie die aufgerauchte Zigarette mitten im Dotter ihres Spiegeleis ausdrückt.

Natürlich gibt es auch die elegante Raucherin – Lauren Bacall beispielsweise ... die aber muß noch ein wenig warten.

Jemand hat einmal gesagt: *Wer sich vor dem Nikotin fürchtet, darf nicht rauchen. Wer sich vor dem Sterben fürchtet, darf nicht leben.* Dieses Zitat steht in Curt Marondes Buch *Rund um den Tabak.*

Gestern, Mittwoch, habe ich die erste Zigarette der Woche geraucht. Warum auch nicht? Schließlich habe ich auch ein Glas Wein getrunken. Den vernünftigen Umgang mit der Droge muß ich nicht fürchten. Ich weiß heute, daß ich anderntags nicht automatisch wieder zur Zigarette greife, ebensowenig wie ich jeden Tag Alkohol trinke.

Wir waren sieben Leute am Tisch. Fünf sind Raucher, drei davon Frauen. Es war nicht immer selbstverständlich, daß Frauen gleichberechtigt mit den Männern rauchen durften. Rauchen war eine Männerdomäne. Auf dem Cover von Marondes Buch steht der Macho-Spruch: *Am Anfang schuf Gott Adam. Später tat ihm Adam leid, und er schuf Eva. Da tat ihm Adam erst recht leid, und er schuf den Tabak.*

Standhaft hielt sich die Ansicht, das Rauchen sei »der Anmut der Damen nicht angemessen« (Conte Corti). In Pariser Adelskreisen hatte sich zu Beginn des 17. Jahrhunderts der Schnupftabak durchgesetzt. Man erklärte dessen Gebrauch »für zierlicher und eleganter«, und auch viele Frauen folgten dieser Mode. Die Pfälzer Kurfürstentochter Liselotte, eine militante Feindin jeglichen Tabakgebrauchs, die 1671 durch Verheiratung mit dem Bruder des Königs, Philipp von Orleans, an den französischen Hof kommt, schreibt in einem Brief an ihre Schwester: »Es ist eine abscheuliche Sache mit dem Tabak, ich hoffe, daß ihr keinen nehmt, liebe Luise! Es ärgert mich recht, wenn ich hier alle Weibsleute mit den schmutzigen Nasen, als wenn sie sie in Dreck, mit Verlaub, gerieben hätten, daher kommen und die Finger in alle der Männer tabattière stecken sehe, dann muß ich gleich speien, so ekelt es mir.« (Conte Corti)

Als sich dann im 18. Jahrhundert der Gebrauch des Tabaks so weit durchgesetzt hatte, daß die Welt ihn akzeptierte, »beschäftigte sich die Literatur der Zeit auch mit der Frage, wie es denn mit dem Rauchen der Frauen in Gesellschaft gehalten werden solle. Im Jahre 1715 schreibt eine offenbar sehr emanzipierte Dame, die den Tabak für ein Mittel hielt, sich ein langes Leben zu erhalten, ein Büchlein zugunsten des Rauchens der Frauen.

»Zum Voraus will ich nur so viel erinnern, daß es ein recht löbliches Unterfangen sei, wenn sich das Frauenzimmer das Herz nimmt, ein Pfeifgen Toback zu rauchen. Es hat dieses artige Geschlecht mit dem Mannsvolck gleiches Recht.‹

Man sieht, zu welch fortschrittlichen Erwägungen der Tabak schon damals anregte.«

Während in Deutschland das Rauchen in der Öffentlichkeit noch streng untersagt war, spielte es am königlichen Hof eine große Rolle. König Friedrich I. führte die sogenannten Tabakgesellschaften ein, und sein Nachfolger Friedrich Wilhelm I. führte sie, wesentlich ungezwungener, weiter. Daran nahmen alle politisch wichtigen Leute teil, aber auch Gelehrte und Gesandte. Es wurde gegessen und getrunken, aber im Vordergrund stand das gemeinsame Rauchen, weshalb diese Veranstaltungen *Tabakskollegia* hießen, oder auch *Rauchparlament*, denn hier wurden die wichtigsten politischen Fragen erörtert (weshalb der Dienerschaft das Betreten des Raumes verboten war). Rauchen war Teilnahmebedingung, und Nichtraucher mußten wenigstens so tun, als ob. Der König soll manchmal von fünf Uhr nachmittags bis zwei Uhr morgens bis zu dreißig Pfeifen geraucht haben:

»Bei solch unmäßigem Rauchen war es freilich für Teilnehmer an dieser Gesellschaft, die keine Raucher waren, eine rechte Qual, in diesem Qualm auszuharren. Der alte Dessauer, der es nicht über sich bringen konnte zu rauchen, saß mit der unangezündeten Pfeife im Mund im Kreise der Gäste, neben ihm der kaiserliche Gesandte Graf Seckendorff, ein fleißiger Teilnehmer am Tabakskollegium. Oft wurden wichtige politische Fragen mit ihnen behandelt. Beide gaben sich, um der vom König eingeführten Ordnung Genüge zu tun, durch geschicktes Blasen mit den Lippen das Ansehen tüchtiger Raucher.«

So ändern sich die Zeiten. Heute ist es umgekehrt, heute müssen Raucher so tun, als seien sie Nichtraucher. Aber ich denke, Karrierist bleibt Karrierist, und wenn die Zeiten noch schlechter und die Jobs noch rarer werden, wird es sicher auch den einen oder anderen ›Karriereraucher‹ geben, sofern der Chef raucht.

Überhaupt scheinen sich manche Phänomene alter Verbotskultur bereits zu wiederholen – wenn auch unter gegenwartsbestimmten Vorzeichen. Eine Art Pendant zu den Raucherkollegia gibt es längst überall dort, wo das Rauchen in der Öffentlichkeit (mal wieder) untersagt ist, in Gestalt privater Clubs. Der Status dieser Clubs ist rechtlich so abgesichert, daß der Gesetzgeber darauf keinen Einfluß hat – es sei denn, er verbietet das Rauchen in der Wohnung –, und diese Einrichtungen sind überlaufen. Und auch das Rauchen der sogenannten Obrigkeit hinter verschlossenen Türen ist eine Wiederholung der Geschichte.

Auch so etwas wie die *Tabagien* aus alten Verbotstagen lebt wieder auf, seinerzeit als Lasterhöhlen verschrien und immer überfüllt, ein erlaubter Ort des Rauchens für das gemeine Volk. Gerade las ich in der FAZ – es ging wieder um das Rauchverbot an Schulen – einen Artikel mit der Überschrift *Rauchen führt zu Verdrängung*. Darin steht wie in früheren Artikeln zu diesem Thema: »Das Gesetz hat meist zu einer Verdrängung des Problems von der Schule auf die Straße geführt, als ›erzieherische Maßnahme‹ sei das Verbot gescheitert, resümieren viele Schulleiter.« Und noch etwas steht dort zu lesen:

Unter den jungen Leuten gibt es einen neuen Modetrend – die Wasserpfeife, die Shisha. Diese Shishas seien »die ›Alcopops des Rauchens‹. Den süßlich-milden Rauch der Wasserpfeife würden viele Jugendlichen als angenehm empfinden, zudem werde die Pfeife meist nur in Gesellschaft geraucht und suggeriere dadurch Gemütlichkeit.« Und die Tugendwächter haben ein neues Problem: »Die Shishas können darum eine Einstiegsdroge sein«, heißt es.

Das Wichtigste an diesem Phänomen allerdings ist der Stellenwert, den das Rauchen als Gemeinschaftserlebnis hat, innerhalb eines Freiraums, wo man als Raucher endlich unter sich ist, nicht der Kritik von Lehrern, Erziehern und Weltverbesserern ausgesetzt.

Der Autor Gilbert Adair, selbst Raucher, hat einen Aufsatz mit dem Titel *Die Geheimgesellschaft der Raucher* geschrieben. Darin weist er darauf hin, daß Leute, die gesellschaftlich ausgegrenzt werden, zusammenrücken – so auch die Raucher. »... in einer Zeit«, schreibt er, »in der Raucher als Außenseiter der Gesellschaft, als selbstverschuldete Unberührbare verfemt werden.« Er gibt zu bedenken: »... in einem Klima, in dem der gesellschaftliche Druck auf die Raucher wächst, dem widerwärtigen Laster entweder nur noch in hermetischer Abgeschiedenheit nachzugehen oder aber ganz davon abzulassen, wird dieses Gefühl einer okkulten Gemeinschaft mißverstandener Märtyrer zwangsläufig erstarken.« Das führt weiter zu der Frage, ob es nicht verkehrt ist anzunehmen, daß Ausgrenzung Raucher zu Nichtrauchern macht. »... wird heute allenthalben die Ansicht vertreten«, schreibt Adair, »daß diejenigen, die in jüngerer Zeit dem Rauchen entsagt haben, durch den zunehmenden Überdruß und Unwillen beeinflußt wurden, der Raucherinnen und Rauchern heute fast überall entgegenschlägt. Aber stimmt das denn auch? Das öffentliche Mißfallen könnte die Unbußfertigen nämlich auch in den Untergrund treiben und als Spätfolge bei den Süchtigen eine *Komplizenschaft* entstehen lassen, ein landesweites Netz der Gegenkultur, das durch jene Stammesehre zusammengehalten wird, die man normalerweise Dieben und Spionen zuschreibt. Für den heutigen Raucher gibt es kaum einen freudigeren Anblick als den *eines anderen Rauchers*, der gerade eine Schachtel Benson & Hedges oder Silk Cut oder Peter Stuyvesant zückt und *zuerst* eine anzündet.« Und am Ende, so warnt Gilbert Adair, würde der süchtige Raucher auf diese Komplizenschaft ebenso »schwer verzichten können wie auf die Zigarette selbst.«

Dieser Aufsatz sollte für jeden Erzieher und Politiker Pflichtlektüre werden!

Daß Rauchen lebensrettend sein kann, haben wir bereits bei Curt Goetz gelernt – in Jules Vernes Abenteuerroman *Die geheimnisvolle Insel* geht es dagegen nicht um das Ausbrennen eines Spinnen- oder Schlangenbisses, sondern um das Überleben jenseits der Zivilisation.

Verne behandelt ein typisches Abenteurersujet: Eine Gruppe von Leuten wird auf eine unbewohnte Insel verschlagen. Da es keine Möglichkeit gibt, von dort fortzukommen, muß sie sich in dieser Wildnis die nötigsten Lebensgrundlagen schaffen – und dazu gehört Feuer. Gott sei Dank sind Raucher mit von der Partie!

»›Herr Spilett, Sie als Raucher haben doch sicher noch *irgendwo* Streichhölzer. Ein Notpäckchen. Eine eiserne Ration. Wir brauchen nur ein einziges Hölzchen.‹

Der Reporter kramte noch einmal in seinen Taschen herum und spürte plötzlich im Westenfutter ein Streichholz, brachte es aber nicht heraus. Gewaltsam durfte man es nicht herausreißen, sonst konnte das Köpfchen abbrechen.

›Lassen Sie mich das machen‹, sagte der Junge.

Vorsichtig zog er das armselige und jetzt so unersetzliche Hölzchen aus dem Stoff.«

Aber nicht allein das Rauchen trägt zur Rettung bei, sondern auch das Schreiben.

»›Ich brauche Papier‹, sagte er zu dem Reporter.

›Moment‹, antwortete Gideon Spilett und riß zögernd und umständlich ein Stückchen unbeschriebenes Papier aus seinem Notizbuch.

[...]

Prometheus konnte nicht stärker gezittert haben, als er das Feuer vom Himmel stahl. Harbert überlegte nicht lange, sondern rieb das Hölzchen schnell am Kiesel entlang. Knisternd züngelte eine kleine bläuliche Flamme hoch, der Rauch stieg ihm beißend in die Nase. Harbert hielt das Flämmchen vorsichtig an den Fidibus. In wenigen Sekunden fing das Papier Feuer, und gleich darauf brannte auch das Moos. Dann erreichten die Flammen das Holz, und das Feuer flackerte hell auf, als der Seemann in die Glut blies.

›Das wäre geschafft‹, rief Pencroff. ›So habe ich in meinem ganzen Leben noch nicht geschwitzt.‹«

Aber was ist ein (Über)Leben ohne Lebensqualität? Für einen leidenschaftlichen Raucher beginnt das wahre Leben mit dem Genuß von Tabak – und Jules Vernes Helden haben Glück:

»Eines Tages blieb der Reporter in einer Waldlichtung vor einer seltsam riechenden Pflanze stehen, die lange, verzweigte Stengel hatte und traubenförmige Blüten mit sehr feinen Körnern trug.

›Was ist das?‹ fragte der Reporter.

›Wenn das unser Pencroff sieht!‹ antwortete Harbert.

›Tabak?‹

›Nicht gerade die feinste Sorte, aber immerhin. Wissen Sie was? Wir sagen Pencroff nichts davon, sondern stekken ihm eines Tages seine gestopfte Pfeife in den Mund.‹

›Abgemacht‹, sagte der Reporter, ›aber wehe, wenn sich Pencroff dann noch einmal beklagt.‹

Vorsichtig schmuggelten sie ein ganzes Bündel Tabakblätter ins Granithaus und versteckten es vor Pencroff. Nab und Smith wurden eingeweiht, der Seemann merkte zum Glück nichts, obwohl die Blätter fast unter seinen Augen getrocknet, zerhackt und geröstet wurden.«

Die Überraschung ist perfekt! Eines Tages nach dem Mittagessen sagt der Reporter zu dem Seemann:

»›Sie können doch nicht einfach aufstehen! Was ist mit dem Nachtisch?‹

›Für so etwas habe ich jetzt keine Zeit‹, antwortete Pencroff.

›Ein Täßchen Kaffee?‹

›Nein danke.‹

›Vielleicht ein Pfeifchen?‹

Da fuhr der Seemann herum und wurde blaß, als ihm der Reporter eine gestopfte Pfeife in den Mund steckte und Harbert Feuer reichte. Er brachte kein Wort hervor, sondern zog hastig an der Pfeife und stieß den Rauch wieder aus. Bald war er von Duftwolken eingehüllt, plötzlich schrie er:

›Leute! Tabak! Echter Tabak!‹

›Edelste Auslese‹, sagte der Ingenieur.

›Für den Rest meines Lebens verzichte ich jetzt gern auf Weib und Wein!‹ rief der Seemann. ›Aber wer von euch Spitzbuben hat den Tabak gefunden? Harbert?‹

›Herr Spilett war's.‹

›Sie, Herr Spilett?‹ sagte er und drückte den Reporter so fest an sich, daß ihm die Luft ausging.

›Uff!‹ stöhnte Spilett. ›Beglücken Sie aber auch Harbert, der den Tabak erkannt, Herrn Smith, der ihn präpariert, und Nab, der aufgepaßt hat, daß Sie nichts davon merken!‹

›Freunde‹, sagte Pencroff, ›das vergesse ich euch nie.‹«

Und noch jemand profitiert von diesem Beitrag zur Zivilisation auf der Insel – ein neues Mitglied der Gruppe:

»Jup stand in der Tür und rauchte.

›Und das mit meiner Pfeife‹, sagte Pencroff bitter, während Jup seelenruhig vor sich hin paffte.

Von diesem Tag an hing die alte Pfeife Pencroffs in Jups Verschlag, er hatte sogar einen eigenen Tabakvorrat, stopfte seine Pfeife selbst und zündete sie auch an. Pencroff freundete sich noch mehr mit ihm an, die Pfeifenraucher waren jetzt unter sich.

›Mich würde es nicht wundern, wenn er eines Tages auch noch zu reden anfängt‹, sagte Pencroff zu Nab. ›Vielleicht ist Jup überhaupt ein Mensch. Ich warte nur darauf, daß er mir mal auf die Schulter klopft und sagt: 'Laß mich mal deine Pfeife probieren, Mann'.‹«

Jup ist ein Affe!

Es gibt so viele liebenswerte rauchende Helden in der Literatur und im Film, daß es mir unmöglich wäre, mich für einen zu entscheiden. Am liebsten mag ich vielleicht die *einsamen Helden.*

Die Werbespots von Camel und Marlboro, die die Geschichte vom kernigen Helden erzählen, vom *lonesome ranger*, der nur der Gesellschaft seines weißen Freundes bedarf, eine Art von Gesellschaft, die seine Einsamkeit erst recht unterstreicht, ihr aber den Anstrich von Heldenhaftigkeit verleiht. Das ist Rauchen: heroische Einsamkeit.‹
›Vielleicht macht das ja jede Sucht‹, füge ich hinzu, ›der Einsamkeit Heroik verleihen.‹«

Diese Passage stammt aus Connie Palmens Buch *I. M.*, eingebettet in eine Unterhaltung, die während einer Autofahrt durch das Death Valley zwischen ihr und *I*scha *M*eijer stattfindet, einem populären holländischen Fernsehmoderator. In diesem Buch schreibt sie rückblickend über ihre Liebe zu ihm, eine Amour fou, die durch seinen plötzlichen Tod jäh beendet wurde.

Mir fallen bei dem Thema *einsamer Held* hauptsächlich Kinofilme ein – wie *Casablanca* oder *Der eiskalte Engel* – Filme, deren Helden rauchend mit dem Alleinsein fertigwerden.

In *Der eiskalte Engel* spielt Alain Delon einen Auftragskiller, elegant (ich glaube, in der gesamten Filmgeschichte ist die Persönlichkeit einer Figur nie so mit einem Accessoire identifiziert worden wie Delon mit dem Borsalino, den er in dieser Rolle trägt) – und einsam. Er war »so allein wie der Tiger im Dschungel«, heißt es am Schluß des Films.

Am Anfang wird die Aufmerksamkeit des Betrachters auf die Zigaretten des Helden gelenkt, ein Päckchen *Gitanes*, das, derart exponiert in Szene gesetzt, eine Bedeutung erhält wie sonst Figuren, denen eine wichtige Rolle zukommt. Die französischen dunklen (starken) Zigaretten, die »Brunes«, stehen für Eigenschaften wie Stärke, Kraft und Männlichkeit, und da der ›eiskalte Engel‹ ein einsamer Held ist, der keinen Freund hat, werden sie ihn als einziger Partner den Film hindurch begleiten – bis zu seinem Tod, den er inszeniert, weil er lieber erschossen als verhaftet werden will.

Sie erinnern sich – *die coolsten Typen rauchen*? Wenn es eine Figur gibt, die dieses Fazit für alle Zeiten in Stein gemeißelt hat, dann ist es Richard Blaine, genannt Rick, Besitzer des ›Café Américain‹, aus dem Melodram *Casablanca*. »Er ist der Typ Mann, in den, wenn ich eine Frau wäre, und es mich nicht gäbe, ich mich verlieben würde«, sagt der Polizeipräfekt Louis Renault über ihn. Am Ende des Films werden beide an dem legendären »Beginn einer wunderbaren Freundschaft« stehen.

›Rick's Café Américain‹, ein Magnet für Gauner, politische Flüchtlinge und Emigranten aus Europa, die hoffen, hier in dem von der Vichy-Regierung kontrollierten Casablanca ein Ausreisevisum für Amerika zu ergattern, ist ein Umschlagplatz für Diamanten, Nachrichten, Informationen und Papiere aller Art – und Rick, dargestellt von Humphrey Bogart, ist dem Philip Marlowe aus den Chandler-Verfilmungen nicht unähnlich: »der *rugged individualist*, antiautoritär, antiideologisch, antinational, männlich, frei, gezeichnet von persönlichen Verlusten«, so kann man in Georg Seeßlens *Kino der Gefühle, Geschichte und Mythologie des Film-Melodrams* lesen.

»Eine Frau hat dir weh getan, und du rächst dich dafür an der ganzen Welt«, hält ihm Ilsa Lund (alias Ingrid Bergman), die Frau, die ihn in Paris sitzengelassen hat, vor. Über diese Erfahrung des Verlassenwerdens ist er zynisch und bitter geworden. »Whisky und Distanz zu den Menschen hält ihn am Leben«, heißt es bei Seeßlen. »Ich bin Trinker«, antwortet er, als Major Strasser, der wegen des Mordes an zwei deutschen Kurieren nach Casablanca kommt, ihn nach seiner Nationalität fragt. Und noch etwas hält ihn am Leben: das Rauchen.

Auch Frauen gegenüber ist er zynisch.

Eine Frau an der Bar seines Cafés, die in ihn verliebt ist: »Wo warst du gestern nacht?«

Rick: »Das ist so lange her, ich erinnere mich nicht mehr.«

Die Frau: »Sehen wir uns heute nacht?«

Rick: »Ich plane nie so weit im voraus.«

Er schickt sie nach Hause und zündet sich eine Zigarette an.

Alle wichtigen Figuren in diesem Film rauchen, denn sie alle sind einsame Helden, gleich ob positive oder negative: Louis Renault, der liebenswerte korrupte Franzose, Victor Laszlo, der Widerstandskämpfer, der Nazi Strasser und der Gauner Ugarte, der im Besitz der begehrten Transitvisa ist, die zuvor den beiden deutschen Kurieren gehört haben und die er, bevor er von der Gestapo erschossen wird, Rick zur Aufbewahrung gibt.

In Rick's Café herrscht Hochbetrieb. Überall im Lokal steigt der Rauch von Zigarren, Pfeifen, Wasserpfeifen und Zigaretten auf. Auch Rick raucht – starke, filterlose Zigaretten. Die wird er auch brauchen, denn wenn er am Schluß Ilsa Lund zusammen mit ihrem Mann ins Flugzeug setzt, versteht man, was *heroische Einsamkeit* bedeutet.

Als Ugarte mit den Transitvisa ins Lokal kommt, sitzt Rick Blaine inmitten des Trubels allein am Tisch, raucht – und spielt mit sich selber Schach (das gleiche tut auch Marlowe!), eine Metapher für Einsamkeit.

Ugarte (mit Zigarette): »Zu schade um die beiden deutschen Kuriere.«

Rick (mit Zigarette): »Sie haben doch ein Mordsglück. Gestern waren sie noch zwei unbekannte deutsche Beamte, heute sind sie tote Helden.«

Ugarte: »Sie sind ein ziemlich zynischer Mensch, Rick, wenn Sie mir gestatten, das zu sagen.«

Rick: »Ich gestatte es Ihnen.«

Rick, der einsame Held aus *Casablanca*, versteckt sich hinter der Maske des gleichgültigen Egoisten. »Ich halte für niemanden den Kopf hin«, äußert er gern, oder: »Jetzt kämpfe ich für nichts mehr, nur noch für mich selbst«, und als die verzweifelte Lisa, nachdem ihr Mann, Victor Laszlo, ihn vergeblich um die Transitvisa gebeten hat, Rick (»mir scheint, solange ich diese Papiere habe, werde ich nie einsam sein«) mit einer Pistole bedroht, zündet er sich eine Zigarette an und sagt: »Na los, schieß schon, du tust mir damit einen Gefallen.«

Doch Louis kennt ihn besser:

Rick (mit Zigarette): »Louis, wieso sind Sie der Meinung, daß ich interessiert sein könnte, Laszlo zur Flucht zu verhelfen?«

Louis: »Weil ich, mein lieber Rick, den Verdacht hege, daß

unter dieser zynischen Schale ein recht sentimentales Herz schlägt.«

Und auch Laszlo durchschaut ihn: »Ich frage mich, ob Sie wissen, daß Sie versuchen, vor sich selbst zu fliehen, und daß Ihnen das niemals gelingen wird.«

Aber auch der geübte Cineast ahnt, daß unter der harten Schale ein weiches Herz verborgen ist. Als Victor Laszlo und Lisa Lund in Rick's Café auftauchen, wo sie eigentlich Ugarte treffen wollen, und als Sam *As time goes by* spielt, was ihm von Rick seit Paris streng verboten ist, hat der Film seinen *Plot Point* (dieses Ereignis verändert den Gang der Handlung, gibt ihr eine neue Richtung [Syd Field, *Drehbuchschreiben für Fernsehen und Film*]) erreicht. Ricks coole Fassade bröckelt. Er betrinkt sich aus Kummer und erinnert sich an Paris, als er (rauchend) zu Lisa sagt: »Wer bist du wirklich?« und »Ich seh' dir in die Augen, Kleines«. In dieser Erinnerungsszene, in der der einsame Held völlig zusammenbricht, entdeckt man, wie wichtig die Funktion des Rauchens für den Regisseur Michael Curtiz ist. Bei genauem Hinsehen erkennt man, daß der Rauch in dieser Einstellung nicht nur von der Zigarette kommt, die Rick raucht – das reicht Curtiz nicht, und so wird noch zusätzlich Rauch von der anderen Seite hinzugeblasen (außer Bogart spielt in dieser Szene niemand).

Louis wird recht behalten: »Wie ich vermutet habe, sind Sie durch und durch sentimental«. Rick hatte auf Louis' Wunsch einem Paar zur Ausreise verholfen, indem er den jungen Mann beim Roulette gewinnen ließ, was ihn 20 000 Francs gekostet hat. Ricks Kommentar: »Er hatte eben Glück.« Und natürlich verhilft Rick auch seiner großen Liebe, Ilsa Lund, zusammen mit ihrem Mann zur Flucht vor den Nazis. Wie es sich für einen einsamen Helden gehört, macht er kein Aufhebens davon: »Ich passe nicht in eine noble Rolle, aber zu der Erkenntnis, daß die Probleme dreier Menschen in dieser verrückten Welt völlig ohne Belang sind, gehört nicht viel.« Anschließend zündet er sich eine Zigarette an, erschießt Strasser, und Louis läßt ›die üblichen Verdächtigen‹ verhaften. Rick wird Casablanca mit seiner Hilfe verlassen – allein.

Rick's Café bleibt …

Rauchverbot in Rick's Café – undenkbar!

Und selbst wenn … Louis Renault hätte natürlich ein Auge darauf gehabt – und es zugedrückt.

Genau wie beim verbotenen Glücksspiel. Dafür genießt er gewisse Vergünstigungen in Rick's Café: Als er Ilsa Lund und ihren Mann zu einer Flasche besten Champagners einlädt, sagt er: »Die setzen es auf meine Rechnung, ich zerreiße sie später.« Und nachdem Rick sein Café an den Besitzer des ›Blauen Papagei‹ verkauft hat, beruhigt er Louis: »Ich hab' schon mit Ferrari gesprochen, Sie werden weiter beim Roulette gewinnen.« Im Falle eines Rauchverbots hätte man also höchstwahrscheinlich ebenfalls einen Modus vivendi für alle Beteiligten gefunden.

»Es gibt eine alte Redewendung, die besagt, daß Gesetze für Feinde gelten, bei Freunden aber interpretationsfähig sind« (FAZ vom 9. 1. 2005 unter dem Titel *Nach Florenz, der Zigarette wegen*), und so oder ähnlich hätte man sich den Umgang mit dem Rauchverbot in Italien vorgestellt. »Trotzdem wird's ernst«, heißt es in dem Artikel, »Italien ist phantasieloser geworden, was Gesetzesübertritte betrifft. Das Land germanisiert sich zunehmend …« Andererseits: »Bereits in Rom schert sich keiner drum, wenn drei Jugendliche ohne Helm auf einer Vespa durch die Fußgängerzone kurven, und im Großraum Neapel leben schließlich über 50 000 Menschen vom Handel mit geschmuggelten Zigaretten. Die harten Gesetze werden in Mailand, Turin, Bologna, Verona und Triest umgesetzt …«

Letzten Endes sind wohl doch die Franzosen das Volk mit dem ausgeprägtesten Sinn für Freiheit und Genuß: »Als 1993 das Dekret zum Schutz der Nichtraucher eingeführt wurde«, schreibt der Verfasser des Artikels, »saß ich in einem Zwei-Sterne-Restaurant bei Carcassone. Elf Tische trugen das Schild ›Zone fumeur‹, der zwölfte ›Zone non fumeur‹. Später in Paris wiesen die berühmten Cafés im Sixième die Tische draußen als Nichtraucherzone aus, wenn die Witterung kalt und unwirtlich war, im Sommer umgekehrt.«

Vincent Parry, ein zu Unrecht verurteilter Sträfling und Held in dem Film *Das fremde Gesicht,* mit Lauren Bacall und Humphrey Bogart in den Hauptrollen, hat ganz andere Probleme: »Was würde ich für einen Schluck Wasser und eine Zigarette geben«, sagt er, und es wäre ihm vermutlich ziemlich egal, wo er sie raucht – Hauptsache in Sicherheit. Er ist soeben, versteckt in einer Tonne, aus San Quentin geflohen und hat das Glück, von der schönen und wohlhabenden Irene Jansen (alias Lauren Bacall) aufgelesen und versteckt zu werden. Die ersehnte Zigarette wird er mit ihr zusammen in ihrer eleganten Wohnung in San Francisco rauchen. Die Zigaretten kommen aus einem eleganten Kästchen, und er gibt ihr mit ihrem eleganten Feuerzeug Feuer. Sie raucht sehr verführerisch. »Ich bin einsam geboren«, sagt sie, und die Zeichen stehen bereits auf Liebe … Doch erst einmal stehen sie auf Abschied, und alle Etappen von Parrys Flucht stehen im Zeichen von Zigaretten – der Einsamkeit, der Liebe und Freundschaft.

Auch der Taxifahrer, der den gesuchten Sträfling erkennt, ist einsam:

»Sie haben noch nie ein Taxi gefahren, Mann. Sie haben keine Ahnung, wie einsam man sich da fühlt«, sagt er. Und: »Man wird einsam und schlau.«

Vincent Parry: »Schlau, in welcher Beziehung?«

Taxifahrer: »Was Leute betrifft.«

Er glaubt an Parrys Unschuld und will ihm helfen.

»Rauchen Sie?« fragt er.

Parry: »Ja, gern.«

Taxifahrer: »Feuer?«

Er bringt ihn zu einem Gesichtschirurgen.

Dieser Chirurg ist ein Künstler – »Der Künstler in mir würde gerne sehen, welch gute Arbeit er geleistet hat«, sagt er –, und wie (fast) alle Künstler raucht er. Er raucht, während er vor der Operation Parrys Gesicht begutachtet, und als er dem Patienten hinterher Verhaltensregeln mitgibt, kommt gleich nach den Regeln fürs Essen die fürs Rauchen und dann erst alles andere: »Sie dürfen rauchen, aber nur mit Zigarettenspitze«. Irene wird ihn pflegen, und das erste, was sie für ihn tut, ist, ihm eine Zigarettenspitze mit einer brennenden Zigarette zu reichen.

Einmal hat sie Angst, Parry könnte bei ihr entdeckt werden. Sie bekommt Besuch, der sehr mißtrauisch ist. In dieser angespannten Situation zündet sie sich eine Zigarette an. Rauchend wirkt sie so kühl und gelassen, daß sie es sich leisten kann, auf die Frage, wer bei ihr gewesen sei, die Wahrheit zu sagen.

Irene: »Vincent Parry.«

Allgemeine Verblüffung.

Frage: »Was hat Vincent Parry bei dir gemacht?«

Irene, leise lächelnd: »Ach, er hatte einfach Lust, mal wieder jemanden zu töten, und da kam er vorbei, um mich umzubringen.«

Als Irene den Verband von Parrys Gesicht entfernt, kommt das Gesicht von Humphrey Bogart zum Vorschein.

Sie spielen noch einmal die Schallplatte, die sie so oft zusammen gehört haben, und küssen sich zum Abschied, denn Allan, wie er jetzt heißt, muß herausfinden, wer seine Frau und seinen Freund tatsächlich getötet hat. Dies gelingt ihm zwar – doch er wird es nie beweisen können.

Er will er sich in Südamerika niederlassen – allein.

Verfolgt und einsam, in einem Busbahnhof auf die Abfahrt

des Busses nach Arizona wartend, zündet er sich eine Zigarette an.

Es wird eine der letzten Zigaretten Allans in der Rolle des *einsamen Helden* sein. Denn in der Abfahrtshalle steht eine Musicbox, in der er seine und Irenes Melodie findet. Er ruft sie an und verabredet sich mit ihr in einem Café in einer Bucht in Peru.

Auch *Der dritte Mann* hat eine Erkennungsmelodie, die so berühmt geworden ist wie der Film selbst – und in dem amerikanischen Schriftsteller Holley Martins, gespielt von Joseph Cotton, einen *einsamen Helden*, der in das Nachkriegs-Wien kommt, um seinen Freund Harry Lime (Orson Welles in einer Glanzrolle) zu besuchen. »Martins hatte in Amerika Pech gehabt, mit einem Wort: er war pleite, und Harry Lime hatte ihn eingeladen, weil, wie er schrieb, in Wien für ihn etwas zu machen sei.« Doch als er ankommt, ist Harry tot.

Völlig abgebrannt, fremd und allein in dem zerbombten Wien – die besten Vorraussetzungen für einen einsamen Helden und Grund zu rauchen –, versucht Holley Martins die mysteriösen Umstände des Todes von Harry Lime aufzuklären. Und wie es sich für einen einsamen Helden gehört, verliebt er sich unglücklich – in die Schauspielerin Anna, Harrys Geliebte. Von der Militärpolizei erfährt er, daß Harry Lime ein Verbrecher war: »Er war der übelste Schieber, den Wien je gesehen hat«, und: »Was Ihr Freund getan hat, war mehr als Mord«, sagt Major Calloway. Holley will beweisen, daß sein Freund unschuldig ist.

Er besucht Anna. Sie rauchen Holleys amerikanische Zigaretten.

Holley: »Möchten Sie eine Zigarette?«

Anna: »Eine Ami? Ja danke, gern.«

Als Annas Wohnung von der Polizei durchsucht wird und

ihre alte Wirtin nicht aufhören will zu lamentieren, bittet die entnervte Anna Holley: »Geben Sie ihr ein paar Zigaretten.«

Holley: »Zigarette?«

Wirtin: »Danke.«

Holley: »Nehmen Sie noch welche.«

Annas Wirtin greift zu und bedankt sich überschwenglich: »Sie sind wirklich der einzig anständige Mensch hier.«

»Ich werde dieses lächerliche Gerede über Harry aus der Welt schaffen«, verspricht er Anna.

Sie sind beide sehr allein (Anna: »Ich hab' mich schon immer vor dem Alleinsein gefürchtet.«), doch Anna denkt nur an Harry. Sie bittet ihn, ihr von Harry zu erzählen. Rauchend redet er über die gemeinsame Vergangenheit mit dem Freund. Als er einmal versucht, Annas Katze zu streicheln, weicht das Tier seiner Hand aus. »Sie mochte nur Harry«, sagt Anna – genau wie sie selbst. Doch Harry Lime ist am Leben. Die Katze spürt ihn auf, als er sich vor Holley Martins in einem Hauseingang versteckt.

Major Calloway beweist Holley, daß Harry Lime die ihm zur Last gelegten Verbrechen begangen hat. Er hat gestohlenes und verlängertes Penicillin auf dem Schwarzmarkt verschoben. »Verwässertes Penicillin gegen Hirnhautentzündung. Die Glücklicheren sterben, die anderen können Sie in der Irrenanstalt besuchen.« [...] »Harry Lime ist der Organisator dieser Verbrechen.« Holley ist nun bereit, Calloway dabei zu helfen, Harry Lime zu fassen, zumal der Major ihm dafür verspricht, Anna zu helfen, denn sie lebt illegal mit gefälschten Papieren in Wien. Holley spielt den Lockvogel.

Doch Anna verachtet ihn dafür: »... er ist ein Teil von mir, für immer, und ich könnte ihm nie was Schlimmes tun«, sagt sie. Und: »Wenn Sie Ihre Dienste verkaufen, dann möchte ich nicht der Preis sein. Ich liebte ihn, Sie liebten ihn.« [...] »Wissen Sie, was ein Achtgroschenjunge ist?«

Zum letzten Mal werden sie sich auf dem Friedhof begegnen – bei Harry Limes Beerdigung. Holley hat den Freund auf der Flucht erschossen, damit er nicht der Polizei in die Hände fällt. Harry wollte es so.

Nach der Beisetzung wartet Holley an der scheinbar endlosen Friedhofsallee auf Anna. »Auf ein Wort, nur eines ...«, wie er dem Major sagt. Annas Näherkommen wird vom Zitherspiel der Filmmelodie begleitet. Doch Anna geht wortlos an ihm vorbei, ohne ihn eines Blickes zu würdigen.

Letzte Einstellung: Der einsame Held zieht sein Päckchen Zigaretten aus der Hosentasche, steckt sich eine Zigarette zwischen die Lippen, nimmt ein Streichholz und zündet sie an – der Rauch des ersten Zuges, er wirft das Streichholz weg, die letzten Töne der Melodie verklingen.

Es gibt zwei unterschiedliche Versionen des Schlusses, die Film- und die Romanversion. Dazu der Autor Graham Greene: »Eine der wenigen größeren Meinungsverschiedenheiten zwischen Carol Reed und mir betraf das Ende, und der Erfolg hat ihm in glänzender Weise recht gegeben. Ich vertrat die Ansicht, daß ein Unterhaltungsfilm dieser Art etwas zu Leichtes sei, um die Last eines unglücklichen Ausgangs tragen zu können. Reed hatte andererseits das Empfinden, daß mein Schluß – wenn er auch verschiedene Deutungen zuließ und kein Wort gesprochen wurde – auf das Publikum, das eben erst Harrys Tod miterlebt hatte, unangenehm zynisch wirken würde. Ich gebe zu, daß ich bloß halb überzeugt war; ich befürchtete nämlich, daß nur wenige Zuseher auf ihren Plätzen ausharren würden, während die junge Frau den langen Weg durch die Friedhofsallee zurücklegt, und daß sie das Kino mit dem Eindruck verlassen würden, der Schluß sei genauso konventionell wie der meine und nur noch länger ausgesponnen. Allerdings hatte ich der meisterhaften Regie Reeds nicht gebührend Rechnung getragen, und überdies konnte natürlich zu diesem Zeitpunkt keiner von uns Reeds brillante Entdeckung des Zitherspielers, Herrn Karas, vorausahnen.«

Der Romanschluß: »Ich blickte ihm nach und sah, wie er

mit seinen überlangen Beinen hinter dem Mädchen herstelzte. Er holte sie ein, und sie gingen nebeneinander weiter. Ich glaube nicht, daß er ein einziges Wort zu ihr sagte: es war wie das Ende einer Geschichte, bis auf eines: ehe sie meinen Blikken entschwanden, hatte sie ihre Hand in seinen Arm gelegt – und so beginnt gewöhnlich eine Geschichte.«

Ein Happy-End also, ohne einsamen Helden – und ohne Zigarette. Die Nichtraucherversion, gewissermaßen. Die Filmversion gefällt mir besser, da bin ich mit Graham Greene einer Meinung, der natürlich Raucher war.

Man soll nur der Statistik trauen, die man selbst gefälscht hat, sagt der Volksmund.

Ich habe gerade eine aktuelle Statistik vor mir, nach der die Zahl der Raucher gesunken sein soll. Dagegen wäre ja nichts einzuwenden – aber stimmt das auch? Eigentlich geht daraus nur hervor, daß der Absatz gesunken ist – und der Schmuggel zugenommen hat. Daß weniger Zigaretten gekauft werden, heißt also nicht zwingend, daß auch weniger geraucht wird. Und wenn sich die Tabaksteuer nicht rechnet, bedeutet dies zunächst nur, daß weniger Leute bereit sind, die hohen Tabakpreise zu bezahlen – darüber, was und wieviel sie rauchen, sagt es nichts.

Einer hat wirklich aufgehört – Jerry Cotton.

Der Moralist im roten Jaguar, titelt die FAZ im Feuilleton vom 15. 5. 2005, und weiter heißt es:

> »Jerry Cotton ist der langweiligste Superheld der Welt. [...] Er ist immer korrekt, gewissenhaft, ehrlich. Er hat keine sexuellen Affairen [...] Und jetzt hat er auch noch das Rauchen aufgegeben.«

Wen wundert's? Jerry Cotton war schon immer ein Verfechter fundamentalistischer amerikanischer Werte. Und wenn Rauchen in Amerika verpönt ist – und zunehmend in Deutschland und Europa –, dann darf der FBI-Agent Jerry Cotton natürlich nicht mehr rauchen. Das verbietet ihm sein Obrigkeitsdenken. »Treue, Tapferkeit und Integrität« steht auf seiner Dienstmarke.

Jerry Cotton ist ein deutscher Beitrag zum Genre des Agentenromans. »Ein Held, zu dem man nach den eilends verdrängten Nazijahren aufblicken konnte.« Er verkörpert »deutsche Träume von Amerika. Jerry Cotton ist ein Erzkonservativer mit unbeugsamem Gerechtigkeitssinn.« Ein Band heißt: *G-man Jerry Cotton – Großangriff aufs FBI.* In diesem Band beweist er, »daß Begriffe wie Ehre und Anstand noch etwas bedeuten«. »›Großangriff aufs FBI‹ könnte auch ›Großangriff auf George W. Bush‹ heißen«, schreibt die FAZ. Bush ist bekanntlich Nichtraucher – im Gegensatz zu Kennedy und Clinton.

Für ein anderes Amerika steht James Dean – als Rebell gegen die Konvention, als Darsteller des einsamen Helden, mit vierundzwanzig in seinem Porsche tödlich verunglückt, zur Legende geworden für ein Lebensgefühl: *forever young*. Von ihm geblieben sind drei große Filme, in denen er die Hauptrolle spielt, und viele Fotos, die Zigarette lässig zwischen den Lippen.

Zum Idol nachfolgender Generationen wurde er hauptsächlich durch den Film *Rebel Without a Cause* (*… denn sie wissen nicht, was sie tun*), in der Rolle des unverstandenen Einzelgängers Jim, Sohn aus gutem Hause. Der jugendliche (›halbstarke‹) Held möchte nicht ein Feigling und Pantoffelheld werden wie sein Vater. »Wenn er wenigstens den Mut hätte, mit der Faust auf den Tisch zu schlagen«, sagt er. Um zu beweisen, daß er mutig und stark ist, prügelt er sich ständig und handelt sich immer neuen Ärger ein, so daß seine Mutter, um dem Gerede der Nachbarn zu entfliehen, die Familie jedesmal, wenn Jim wieder etwas angestellt hat, nötigt umzuziehen. Demzufolge kann Jim nirgends Fuß fassen und findet keine Freunde.

»Ich suche keine Freunde«, behauptet er trotzig, dennoch wünscht er sich nichts sehnlicher und möchte in der neuen Schule von Buzz, dem Anführer einer Jugendbande, akzeptiert werden. Buzz provoziert ihn: »Du bist ein Hasenfuß«, sagt er und fordert ihn zu einer lebensgefährlichen Mutprobe heraus. »Ich hatte keine andere Wahl«, wird Jim später sagen.

Sie treffen sich also an einer Steilküste, wo sie mit gestohlenen Wagen auf den Abgrund zu rasen. Wer zuerst aus dem Wagen springt, ist ein Feigling.

Bevor es losgeht, kommen sich die beiden Kontrahenten bei einer Zigarette näher. Jim zündet sie an, Buzz nimmt einen Zug: »Du gefällst mir«, sagt er.

Jim: »Warum machen wir das dann?«

Sie hätten Freunde werden können, doch Buzz schafft es nicht, aus dem Wagen herauszukommen, und verunglückt tödlich.

Jim sieht sehr cool aus, beim Start hinter dem Lenkrad mit der Zigarette im Mund. Doch in Wirklichkeit hat er Angst.

Seine Unsicherheit wird deutlich, als er sich später während eines Gesprächs mit Judy, Buzz' Freundin, in die er verliebt ist, eine Filterzigarette verkehrt herum in den Mund steckt. Fast zärtlich dreht Judy sie herum. So ist auch zwischen Judy und Jim – wie zuvor zwischen ihm und Buzz – die Zigarette ein Symbol der Verständigung. In der darauffolgenden Nacht verstecken sie sich in einer alten Villa. »Wir werden nie wieder allein sein«, sagt Jim, und später zu seinen Eltern: »Wir sind Freunde«.

Daß Rauchen und Image etwas miteinander zu tun haben, weiß auch Woody Allen, und in seinen Komödien setzt er das Rauchen als Stilmittel ein, um seine Figuren, zumal wenn er sie selbst spielt, als Antihelden zu entlarven.

So spielt er in *Manhattan* den viel älteren Liebhaber eines sehr jungen Mädchens. In einem Lokal zündet er sich eine Zigarette an. »Mann, tut das gut«, sagt er, wirkt aber etwas unbeholfen.

Seine Freundin (belustigt): »Du rauchst doch aber gar nicht.«

Er: »Nein, deswegen inhaliere ich auch nicht, weil das nämlich Krebs erzeugt. Aber ich seh' so unheimlich gut aus mit der Zigarette in der Hand. Dagegen kann man eben nichts machen, Schicksal.«

Sie: »Ja, sicher.«

Er: »Na, gefall' ich dir so?«

Jeder, an erster Stelle Woody Allen selbst, weiß, daß er so viele Zigaretten rauchen kann, wie er will: aus ihm wird nie ein James Dean – und genau deshalb spielt er damit.

In *Manhattan Murder Mystery* ist er ein Lektor mit Namen Larry, dessen abenteuerlustige Ehefrau Carol einem Mörder auf die Spur kommt. Während Larrys Nerven – nach Art Woody Allens – von Anfang bis Ende des Films vor Angst flattern, hilft ihr Ted, ein Freund des Hauses, begeistert, das Geheimnis zu lüften. Er ist Schriftsteller, neugierig – und er raucht, was bekanntlich den Geist beflügelt. Richtig zur Sache geht es, als Larry, der eifersüchtig auf die Beziehung seiner Frau zu Ted ist, diesen mit einer seiner Autorinnen bekannt macht, Pokerspielerin und ebenfalls Raucherin mit einem scharfen analytischen Verstand. Rauchend erklärt sie den anderen die Zusammenhänge: »Wenn ich von der Toilette zurück bin, sag' ich euch, wie wir ihn schnappen.«

»Wo hast du diese Frau bloß entdeckt?«, fragt Ted. »Sie ist ein Genie.« Und mit Hilfe der beiden Schriftstellerkollegen lösen sie den Fall.

Der scharfe analytische Verstand des rauchenden Schriftstellers, dieser oft dargestellte Zusammenhang von Genie und

Tabak muß auch Strizz bewogen haben, erst einmal sein Image mit Hilfe einer Pfeife aufzupolieren, bevor er Günter Grass nacheifern will. Leider nützt es ihm nichts.

Genau wie Woody Allen will er wissen, wie er ankommt: »Na? Wie sehe ich aus?« fragt er seinen Neffen Rafael. Auch Strizz ist eigentlich Nichtraucher: »Ich vertrage den Tabak nicht. Muß husten! Soll ja auch nicht sehr gesund sein! Aber sehe ich nicht aus wie ein waschechter Schriftsteller?!«

Rafael: »Vergiß die Pfeife! Du wirst nie aussehen wie die Saurier Grass, Frisch, Johnson oder Schmidt! ...«

Apropos Grass: Ein Foto in der FAZ vom 17.4.2005 zeigt ihn zwischen Peter Rühmkorf und Hans Magnus Enzensberger, er mit Pfeife, die beiden anderen mit Zigarette.

Es kann nicht nur ein Klischee sein, die Sache mit dem Genie und dem Tabak! Vielleicht ist Rafaels Frage »Aber wenn du unbedingt beim Tabak bleiben willst – welcher Art sollen deine Schriften denn sein?« ja berechtigt, und er empfiehlt dem Onkel, die Art des Rauchens dem Gegenstand des Schreibens anzupassen.

Franz Liszt soll gesagt haben, »Eine gute Zigarre schließt die Tür vor den Gemeinheiten des Lebens«. Viele haben sie geraucht: Loriot, Gustav Heinemann, Theodor Heuss ... Vielleicht sollten Politiker in Talkrunden wieder rauchen – es würde sie möglicherweise vor Entgleisungen bewahren. Stichwort: letzte ›Elefantenrunde‹ ... Hätte doch eine Cohiba Gerhard Schröders Lippen versiegelt!

Aber auch dem Umgang miteinander allgemein soll es zuträglich sein, zu rauchen.

In Molières *Don Juan* heißt es:

»Was auch immer Aristoteles und die ganze Philosophie sagen mögen, es gibt nichts, was dem Tabak gleicht: es ist die Leidenschaft der anständigen Leute, und wer ohne Tabak lebt, ist nicht wert zu leben. Er erfreut und reinigt nicht nur die menschlichen Gehirne, sondern er führt überdies die Seelen der Tugend zu, und man lernt durch ihn, ein honetter Mensch zu werden. Sehen Sie nicht ... wie gern man [den Tabak] nach links und nach rechts anbietet, wo immer man sich befindet? Man wartet nicht erst darauf, daß man ihn verlangt, und kommt dem Wunsche der Leute danach zuvor: so wahr ist es, daß der Tabak ehren- und tugendhafte Gefühle bei all denen auslöst, die ihn nehmen.«

Der Tabak schütze nicht nur vor den Gemeinheiten des Lebens, sondern auch »vor dessen Dummheiten, wie sie aus dem aktuellen Reich des Irrsinns, Italien, gemeldet werden« (nachzulesen in einem Reisebericht der FAZ vom 10. 3. 2005 über die Dominikanische Republik). Dieser bereits erwähnte »Irrsinn« ist um so befremdlicher, als dieses Land nicht nur auf eine lange, sondern auch auf eine sehr ehrwürdige Rauchertradition – mit dem Segen der Kirche – zurückblickt:

> »Der Papst mußte tagtäglich feststellen, daß Geistliche mitten in der heiligen Handlung den Chor verließen und so die Andacht störten. Sie konnten sich des nunmehr allgemein gewordenen Gebrauchs nicht mehr enthalten. Infolgedessen richtete der Heilige Vater ein Schreiben an den Kardinal-Erzpriester der Vatikanischen Basilika. Er erlaube infolge der Sachlage und der Ratschläge der Ärzte nunmehr in der genannten Kirche in allen ihren Teilen den Gebrauch des Tabaks ...« (Conte Corti)

Das muß man sich einmal auf der Zunge zergehen lassen: Einst war in Italien das Rauchen in der Kirche gestattet – und heute ist es im Restaurant verboten!

»Die spinnen, die Römer«, heißt es bei *Asterix*.

Den Vogel aber schießen offenbar die Schweizer ab. In dem obengenannten Artikel heißt es:

»Doch wie keine größte Primzahl existiert, gibt es auch keine Dummheit, die nicht alsbald oder anderswo übertroffen würde. In der Schweiz muß es Gesetze geben, die schon den Besuch der Internetseite einer Zigarrenmarke zum Risiko erklären. ›Die Nutzung dieser Webseite‹, heißt es unter www.davidoff.com, ›ist Besuchern vorbehalten, die volljährig sind.‹ Neugierige werden daher von dem Baseler Unternehmen einer Altersüberprüfung unterzogen: Wer anklickt ›Nein, ich bin minderjährig‹, erfährt nichts, wer ›Ja, ich bin volljährig‹ wählt, erfährt Näheres über die für ›die Entstehung von Krankheiten‹ verantwortlichen ›Genußmittel für Erwachsene‹.«

Auf also in die Dominikanische Republik, denn

»nirgends ist das Rauchen verboten. Auf den Zigarettenschachteln und Zigarrenkisten verdrießen keine Torheiten mit Trauerrand, nach dem Essen erbaut eine unangefochtene, handgerollte Zigarre, begleitet von einem Glas alten Rums aus Santo Domingo. Läßt man sich die Flasche zeigen, tritt zu den ersten Wirkungen dieses letzten Raucherparadieses, dem Aufatmen und Behagen, die Gewißheit, auch in einem Land der Vernunft gelandet zu sein. ›El exceso de consumo de alcohol‹, steht auf dem Etikett, ›es perjudicial para la salud.‹ Daß der Konsum von Alkohol der Gesundheit schadet, falls er exzessiv betrieben wird, ist endlich einmal ein Hinweis, den man problemlos unterschreiben kann – zumal, wenn er in der kleinsten, so eben noch lesbaren Schrift gedruckt ist.«

Doch auch nach Italien wird man noch fahren können, aber bitte nur im Sommer, denn:

»Die Nichtraucher werden diesen Sommer die Quittung bekommen, wenn sie in Florenz und Venedig, in Pisa und Verona die besten Restaurant- und Caféplätze besetzt finden: die im Freien, ausnahmslos reserviert von den aus den Gasträumen verbannten Rauchern.«

Zigarren: Während ich mich weiter mit Versuchen quälte, meine Sucht unter Kontrolle zu bekommen, hörte mein Mann von einem Tag auf den anderen mit dem Zigarettenrauchen auf und rauchte Zigarren und Zigarillos. Vorteil: man raucht weniger, inhaliert nicht und hat naturreinen Tabak. Was lag also näher, als daß ich es auch versuchte? Schließlich ist das Zigarren- und Pfeiferauchen schon immer auch von Frauen praktiziert worden. »Es hat dieses artige Geschlecht mit dem Mannsvolck gleiches Recht«, wie Beintema 1690 geschrieben hatte.

Die Sache hatte nur einen Haken – es schmeckte mir nicht. Ich verfiel also wieder auf alle möglichen Absurditäten. Zum Beispiel schnitt ich eine Zeitlang meine Zigaretten in der Mitte durch und redete mir ein, eine ganze geraucht zu haben. Diesen Trick zur Reduzierung des Tabakkonsums hatte ich in dem Film *Ein Mann und eine Frau* gesehen und in Hitchcocks *Immer Ärger mit Harry*, aber erstens kam ich mir lächerlich vor, wenn ich irgendwo meine halbierten Zigaretten auspackte, und zweitens funktionierte es nicht. Ich rauchte eben doppelt so viele halbe.

Einen positiven Effekt hatte mein Ausflug in das Reich der Zigarre allerdings, nur wußte ich es damals noch nicht: Ich lernte eine andere Haltung dem Rauchen gegenüber kennen. Auf die Frage, wie man eine Havanna rauchen solle, antwortete Zino Davidoff: »Ich bin ganz und gar gegen das Kettenrauchen von Zigarren. Ganz zu schweigen von denen, die auf der Straße rauchen oder am Steuer ihres Wagens. Ich selber rauche nur zwei Zigarren am Tag, die erste nach dem Mittagessen, die zweite nach dem Abendessen. Eine Zigarre muß ein Ereignis sein, sie darf nicht als reine Reflexhandlung geraucht werden.«

Es brauchte erst noch zwei Ereignisse in meinem Leben, bevor ich mit dieser Aussage etwas anfangen konnte.

Mark Twain sagt ganz unaufgeregt. »Wenn ich im Himmel nicht rauchen darf, will ich da nicht hin.«

Ich hatte es gründlich satt, auf verlorenem Posten zu kämpfen. »Die Nichtsüchtigen können jedoch einfach nicht begreifen, daß *nach* dem Aufhören jene Zigarette, die man verzweifelt nicht zu rauchen versucht, in gewisser Weise die verlockendste von allen ist – jene erste Zigarette, die man nach Wochen oder Monaten, ja, selbst nach Jahren des Verzichts raucht und die allein aufgrund der vorangegangenen Abstinenz besser schmeckt als jede andere«, heißt es bei Adair, und je länger ich mich mit der Nikotinsucht beschäftigte, um so besser verstand ich mein Unvermögen, mit dem Rauchen aufzuhören. Was Adair beschreibt, erlebte ich bei meinen kümmerlichen Reduzierungsversuchen jeden Tag. Trotzig beschloß ich, mit der Selbstdressur ein für allemal aufzuhören (ich wußte zu diesem Zeitpunkt noch nicht, daß ich mit meinem Unvermögen den Schlüssel zum Sieg über die Sucht bereits in der Hand hielt). In diesem Entschluß bestärkte mich der großartige humorvolle Essay von Friedrich Torberg: *Auch Nichtraucher müssen sterben.*

Er beginnt mit einem Zitat aus einem Cartoon im *New Yorker*: »No smoking, no drinking, no women. Just relax and amuse yourself«, und fährt fort:

> »Nun, auf das Amusement könnte ich zur Not (welche von meinem vorgeschrittenen Alter herrührt) noch verzichten. Worauf ich als geistig schaffender Mensch nicht verzichten kann, ist das Rauchen. Ich übe seit ungefähr 50 Jahren den Beruf eines Schriftstellers aus und habe ihn von Anfang an rauchend ausgeübt. Ich rauche Zigaretten,

die ich selbstverständlich inhaliere, weshalb sich alle Versuche, sie durch Zigarren oder Pfeife zu ersetzen, als untauglich erwiesen haben. [...]

Ich rauche, trinke schwarzen Kaffee, schlafe zu wenig, mache zu wenig Bewegung und bin auf diese Weise 70 Jahre alt geworden. Vielleicht wäre ich bei gesünderer Lebensführung heute schon 75 oder 80, aber das läßt sich schwer feststellen.«

Dem Leser gibt er folgenden Rat:

»Er wäge die eklatanten Vorzüge seiner Lebensgewohnheiten sorgfältig gegen ihre möglichen Nachteile ab, ehe er auch nur in Erwägung zieht, etwas ihm Liebgewordenes aufzugeben. Er frage sich, ob er die augenblickliche Erleichterung, die ihm das vielleicht einbringt, nicht gegen zahllose neue Erschwerungen und Bedrängnisse eintauschen wird.

Er sei sich klar darüber, daß es für den Arzt geradezu kindisch leicht ist, ihm beispielsweise das Rauchen zu verbieten, für ihn jedoch unendlich schwer, sich das Rauchen abzugewöhnen. Und wenn er's gar fertigbringt, hüte er sich erst recht vor dem Trugschluß, als hätte man ihm ein Allheilmittel verpaßt, und jetzt sei alles gut.

Auch Nichtraucher müssen sterben. [...]

Das eigentliche Problem besteht nicht darin, ob das Leben um jeden Preis lebenswert ist, ob man also auch um den Preis des Verzichts auf jene Gewohnheiten leben will, sondern ob man das überhaupt kann.

Ich für meine Person muß, um leben zu können, schreiben, und um schreiben zu können, muß ich rauchen und schwarzen Kaffee trinken. Vom Gesundleben allein kann ich nicht leben.«

Dieses Credo vertritt auch Sir Wilfrid alias Charles Laughton, der Staranwalt in dem Film *Zeugin der Anklage*. Um im Gerichtssaal erfolgreich zu sein, muß er rauchen. Gegen den Widerstand seiner resoluten Krankenschwester versteht er es immer wieder, mit allen möglichen Tricks an seinem Lebenselixier festzuhalten. Schließlich begreift sie, daß seine Zigarren und seine Arbeit wichtiger für ihn sind als eine gesunde Lebensführung – und gibt ihm Feuer.

Zu diesem Credo wollte ich mich nun ebenfalls bekennen.

In seiner Novelle *Ein fliehendes Pferd* – auch eine Geschichte über Raucher und Nichtraucher – beschreibt Martin Walser die Begegnung zweier ehemaliger Schulkameraden, die sich nach der Schulzeit aus den Augen verloren hatten. Sie treffen sich zufällig im Urlaub. Der eine, Zigarrenraucher, Freund guter Weine und üppigen Essens, will in Ruhe die Tagebücher Kierkegaards lesen. Der andere ist Nichtraucher, Wassertrinker und geradezu besessen von sportlichen Aktivitäten und gesunder Ernährung. Seine Freundin hat sich ihm zuliebe diesem Lebensstil angepaßt, ist aber unglücklich. Dies tritt zutage, als ihr Lebensgefährte nach einem Sturm vermißt und für tot geglaubt wird. »… ich habe nicht leben dürfen, das hat er nicht gestattet«, sagt sie. Diese Erkenntnis ihrer jahrelangen Selbstverleugnung ist wie eine Wiedergeburt. Sie genießt es, Kuchen zu essen und Kaffee zu trinken: »…das sei seit vier Jahren der erste Kuchen, den sie esse.« Auch Alkohol trinkt sie endlich wieder, Calvados, gleich mehrere Gläser: »Mein Gott, ist dieser Calvados gut. Vor sechs Jahren habe ich ein Semester in Montpellier studiert, da habe ich öfter Calvados getrunken.« Und auch die Zigaretten entdeckt sie wieder. Die Frage, ob das Rauchen sie störe, verneint sie:

> »Nein, nein, sagte Helene und lächelte ein bißchen rekonvaleszentenhaft. Sie habe das Gefühl, sie könne heute auch eine Zigarette vertragen. […]

Das Auffälligste war jetzt die rauchende Helene. Sie nahm lange, tiefe, ruhige Züge. Wie jemand, der sich von etwas ernsthaft überzeugt.«

Nachdem sie nun zum Genuß und damit zum Leben zurückgefunden hat, erinnert sie sich auch ihrer Liebe zur Musik: »›Mein Klavier hab ich verkaufen müssen.‹ [...]

›Ich spiele Ihnen die *Wanderer-Fantasie* von Franz Schubert.‹

Sie spielte die Töne in die Luft, sang die Töne, stieß die Rhythmen hervor, machte mit den Fingern Zeichnungen. Sie ging hin und her, stoppte, drehte sich. Sie trug das Klavierstück vor wie einen Text. Sie ließ keine Silbe aus und sagte genau, wie sie es meinte.«

Schluß also mit der Selbstverleugnung!

Trotz dieses Vorsatzes kam ich noch einmal auf meinen Weg, weg von der Sucht, zurück. Diesmal war es der richtige. Kurioserweise führte mich ein Irrtum dorthin – und der große Roman *Zeno Cosini* des italienischen(!) Autors Italo Svevo, der mir zur gleichen Zeit zufällig in die Hände fiel und dessen Held vergeblich versucht, vom Rauchen loszukommen.

Ich hatte gerade ein Buch beendet, und feierte mit Freunden einen Geburtstag. In dem Raum brannten viele Kerzen, die alle sehr stark rußten, so daß mein Taschentuch noch am nächsten Tag schwarz wurde, wenn ich mir die Nase putzte. Da durch die Arbeit an meinem Buch mein Zigarettenkonsum wieder auf einem Rekordhoch angelangt war, dachte ich, der Dreck, der aus meiner Nase kam, stamme vom Rauchen. Ein fürchterlicher Ekel überkam mich und zwang mich zum Handeln. Der *Zeno Cosini* schien wie für mich geschrieben.

Jahre später erwähnte mein Mann einmal beiläufig, daß die Kerzen schuld an dem Dreck in meiner Nase gewesen waren. Aber da war ich bereits frei von dem Zwang zu rauchen.

Svevos Kunst ist, daß er den Leser davon abbringt, sich mit Zeno problemlos zu identifizieren«, zitiert François Bondy in einem Vorwort zu dem Roman *Jean Puillon* – und sagt: »Für ›Zeno Cosini‹ gilt, was Marcel Proust für die ›Verlorene Zeit‹ geltend machte: sie böte dem Leser ein optisches Instrument, mit dessen Hilfe er besser in sich selber blicken könne.«

Damit charakterisiert Bondy auch meine Leseerfahrung: Zusammen mit anderen Erfahrungen, die ich während meiner Beschäftigung mit dem Rauchen – in Theorie und Praxis – gewonnen habe, hat die Lektüre von *Zeno Cosini* zum Ende meiner Abhängigkeit beigetragen – obgleich der Held der Geschichte zu einem anderen Ergebnis kommt.

Eingenommen für dieses Buch hat mich gleich auf den ersten Seiten die Übereinstimmung der Gefühle des Helden mit meinen eigenen, seine Haßliebe gegenüber der Zigarette und diverse Erlebnisse als Raucher, die meinen sehr ähnlich sind. So die Erinnerung an die ersten Zigaretten, sogar an deren Verpackung: »Halt: eine solche Schachtel weckt sofort in mir die Erinnerung an mehrere Personen«, heißt es. Dann die Disposition, der Droge zu verfallen, und die Bereitschaft, für die Sucht zu stehlen: »Ich war also genötigt, mir selber mehr zu verschaffen, und so kam es, daß ich stahl. Im Sommer ließ mein Vater gewöhnlich seine Weste auf einem Stuhl im Speisezimmer liegen. In einer der Taschen war immer etwas Kleingeld zu finden: ich nahm mir nur die zehn Kreuzer, die zum Kauf der heißersehnten Schachtel reichten. Sofort begann ich mit der ersten Zigarette und rauchte alle zehn hintereinander. Die Beute, die den Dieb verraten konnte, mochte ich nicht allzulange bei mir behalten.« Und natürlich die Steigerung von Zenos Verlangen durch das Verbot: »Später erschwerte nicht mehr Geldmangel die Befriedigung meines Lasters; um so verlockender wurde es durch das Verbot.«

Eines Tages liegt er mit Halsschmerzen und Fieber im Bett. Der Arzt verbietet ihm »das Rauchen absolut. Ich erinnere mich noch genau des Wortes ›absolut‹! Es machte tiefen Eindruck auf mich, und das Fieber verlieh ihm Gestalt: ich sah den leeren Raum und hatte nichts, um dem ungeheuren Druck wiederstehen zu können, den leere Räume stets erzeugen.« Auch sein Vater ermahnt ihn:

> »›Nicht rauchen, du!‹ Da überkam mich eine ungeheure Erregung. Ich dachte: ›Es schadet mir, ich will es nie mehr tun. Nur ein einziges und letztes Mal will ich noch rauchen.‹ – So zündete ich mir eine Zigarette an. [...] Mit der Gewissenhaftigkeit, mit der man ein Gelöbnis einhält, rauchte ich die Zigarette zu Ende. Und unter ungeheuren Schmerzen rauchte ich während meiner Krankheit noch viele andere. [...] Täglich wechselten Zigaretten und strenge Vorsätze, nicht mehr zu rauchen, miteinander ab.«

Bis hierher ist Zeno Cosinis Geschichte auch meine Geschichte.

Doch für ihn wird *die letzte Zigarette* zur Obsession, zur *fixen Idee*: »Ich bin überzeugt, daß die Zigarette anders und bedeutsamer schmeckt, wenn sie die letzte sein soll. Auch andere können einen anderen Geschmack haben, aber nie einen so intensiven.« Seine Sucht ist die Sucht nach der letzten Zigarette: »... daß mein Leben aus nichts anderem bestehe als aus ›letzten Zigaretten‹«, heißt es.

Er macht daraus eine Philosophie: »Um vor mir selber nicht dumm zu erscheinen, versuchte ich, meiner fixen Idee der letzten Zigarette einen philosophischen Sinn zu unterschieben. Man sagt mit großer Gebärde: ›Nie, nie mehr!‹ Und was geschieht mit der Gebärde, wenn man sein Versprechen hält? Diese Gebärde bleibt eben nur dann in der Welt, wenn man den Vorsatz immer wieder erneuert.«

Ein Plädoyer, an seinen Rauchgewohnheiten nichts zu ändern.

Und so endet Zenos Geschichte auch:

»Die unendliche Reihe der ›letzten Zigaretten‹, die damals, in meinem zwanzigsten Lebensjahr, anfing, ist heute noch nicht abgeschlossen. [...] Heute kann ich offen sagen, daß ich viele Zigaretten rauche ... die noch lange nicht die letzten sind. [...]

Jetzt, da ich alt bin, da man nichts mehr von mir fordert, gelange ich noch immer von einer Zigarette zu einem guten Vorsatz und von einem guten Vorsatz zu einer Zigarette.«

Ich habe aus Zenos Geschichte eine andere Konsequenz gezogen – denn es ist auch eine Geschichte *von der Freiheit, rauchen zu dürfen.* Auch ich rauche keine *letzten Zigaretten* mehr, aber ich muß auch keine Vorsätze mehr fassen – denn ich bin nicht mehr süchtig.

Zenos Problem ist, daß er eigentlich überhaupt nicht ›geheilt‹ werden will, denn dann würde sein System, das ihn zur stets letzten Zigarette führt, nicht mehr funktionieren.

Wegen zahlreicher (eingebildeter) Krankheiten – Zeno ist auch Hypochonder – konsultiert er mehrere Ärzte und Therapeuten in der Hoffnung, daß sie ihm das Rauchen verbieten:

»Zeno ist nicht durch seine Leiden bestimmt, eher durch seinen unbewußten Willen zur Krankheit, der schließlich stärker ist als der bewußte Wille, die Schmerzen loszuwerden und sich wohl zu befinden. Könnte Dr. S. ihn heilen – er wäre nicht der Zeno der ›Coscienza‹, der nicht nur hinsichtlich der Zigaretten stets Vorsätze faßt, deren Endgültigkeit genießt, die Eide wieder bricht, um sie wieder schwören zu können, und der im Vergessen seines eigenen Zeugnisses eine Mischung aus Bekenntnis und Versteckspiel bietet, die nicht nur den Dr. S. verwirren kann«, kommentiert Bondy. (»Seit langer Zeit weiß ich, daß Gesundheit für mich nichts anderes ist als eine Überzeugung ...«, heißt es am Schluß des Romans.)

Dr. S., der ihn von »der sogenannten Krankheit der letzten Zigarette« heilen will, verbietet ihm das Rauchen nicht – ganz im Gegenteil: »Die Zigaretten schaden Ihnen nicht. Wenn Sie einmal im Innern davon überzeugt sind, daß sie keine Gefahr bedeuten, verhält es sich auch in Wirklichkeit so«, sagt er. Und ein anderer Arzt: »Man darf ja rauchen. Man darf nur nicht übertreiben.«

Die Freiheit, rauchen zu dürfen, paßt nicht in Zenos Konzept: »Schließlich wurde ich es müde, ununterbrochen mit dem Arzt, der von mir bezahlt wurde, Kämpfe auszufechten«, sagt er – und geht zu einem anderen ...

In mein Konzept paßte der Gedanke allerdings wunderbar. War ich nicht immer am *Verbot* gescheitert, das mich geradezu zwanghaft zum Rauchen animierte? Oder an der ebenfalls zwanghaften *Einhaltung von Gelöbnissen*?

Meine Zauberformel mußte also heißen: *Ich darf rauchen!*

Jedoch nicht mehr als Suchtraucher, sondern als Genußraucher. Was Davidoff über das Rauchen von Zigarren sagt, sollte für mich von jetzt an für die Zigarette gelten: Keine *Reflexhandlung* mehr, sie mußte ein *Ereignis* sein. »Und auch das Glück bedarf, wenn es von Dauer sein soll, des Zeremoniells, gewisser Regeln, der Etikette.«

Soweit die Theorie ...

Diesmal war wirklich alles anders. Ich wurde nicht von dieser lähmenden Depression erfaßt, weil ich in meinem ganzen Leben nie mehr würde rauchen dürfen. Auch nicht von nervöser Hektik in Erwartung der nächsten Zigarette, die einen an nichts anderes mehr denken läßt und die auch Italo Svevo beschreibt, als Zeno krank im Bett liegt und hofft, daß sein Vater endlich das Zimmer verläßt, damit er rauchen kann: »Mein Vater kam und ging und rauchte selber seine Zigarre und sagte dabei:

›Bravo! Noch ein paar Tage ohne zu rauchen, und du bist gesund!‹

Dieser Satz genügte. Ich brannte vor Erwartung, daß er aus dem Zimmer gehe, um rasch, rasch zu meiner Zigarette zu kommen. Ich stellte mich oft schlafend, um ihn früher von mir wegzubringen.«

Nein, diesmal war ich ganz gelassen.

Natürlich ist es nie *einfach*, von einer Sucht loszukommen, und angefangen hat es wie immer – mit Nichtrauchen. Aber diesmal hatte ich eine Perspektive, mit der ich leben konnte: nicht mehr süchtig sein und das Rauchen genießen können!

Ich war fast euphorisch, was mich in die Lage versetzte, die Situation positiv anzugehen. Also suchte ich mir eine Beschäftigung, die den Entzug erträglicher machte. Ich renovierte mein Haus. Das ist zum einen eine manuelle Tätigkeit, bei der die Zigarette eher stört, zum anderen ist es körperliche Arbeit, die einen abends müde ins Bett fallen läßt, so daß man ans Rauchen nicht mehr so viele Gedanken verschwendet. Außerdem lautet die Regel noch heute: *Nie nebenbei rauchen – immer bewußt genießen!* Zur seelischen Erbauung hatte ich immer eine Packung Zigaretten neben mir, die mir sagte: *Keine Panik, du darfst rauchen*. Das half.

So ging es ungefähr vier Wochen – alle Wände waren gestrichen –, und ich war clean. Ich belohnte mich mit einem Abendessen, zu dem ich Freunde einlud – und nach dem ich *eine* Zigarette rauchen wollte.

Der Abend wurde ein Erfolg. Ich hatte diesmal niemandem in meinem Bekanntenkreis von meinem Vorhaben erzählt, das ersparte mir Anteilnahme auf der einen und Larmoyanz auf der anderen Seite, und niemandem fiel auf, daß ich nur eine Zigarette rauchte.

Natürlich war ich in der nächsten Zeit mit Nichtrauchen beschäftigt. Ich wußte, daß ich noch immer gefährdet war, rückfällig zu werden. Ich fixierte also mein Päckchen Zigaretten und tröstete mich damit, daß ich eines Tages nicht mehr darunter leiden würde, nicht zu rauchen, sondern das Rauchen als Highlight würde genießen können. Mich mental so zu konditionieren – darum ging es in den darauffolgenden Monaten.

Ich plante bald ein nächstes Abendessen – mit einer Zigarette. Im nachhinein nenne ich diese Phase *die erste Stufe* – gelegentlich *eine* Zigarette nach dem Abendessen mit Freunden! Ich gebe zu, daß ich in dieser Zeit häufiger als sonst Einladungen aussprach.

Allmählich ging ich zur Tagesordnung über. Ich begann ein neues Buch und stellte fest, daß man auch schreiben kann, ohne zu rauchen. Alles lief gut, und ich wagte es, mir eine Zigarette am Abend nach dem Essen zu genehmigen, auch wenn kein Besuch da war. Diese Zeit nenne ich heute *die zweite Stufe*. Natürlich freute ich mich jeden Tag auf diese Zigarette, aber ich lebte nicht ungeduldig darauf hin. Bald fiel mir auf, daß ich anfing, tagsüber nicht mehr ans Rauchen zu denken, und als ich einmal einfach vergaß, meine abendliche Zigarette zu rauchen, wußte ich, daß ich es geschafft hatte – ich war nicht mehr süchtig.

Ungefähr ein Jahr war vergangen, als ich anfing, über mein neues Rauchverhalten zu sprechen. Natürlich erntete ich Bewunderung – denn gelegentlich rauchen zu können, ohne abhängig zu sein: *das ist schließlich der Traum eines jeden Rauchers.*

Ermutigt durch den Erfolg wagte ich noch einen Schritt. Ich erlaubte mir, an langen geselligen Abenden auch mal mehr als eine Zigarette zu rauchen. Das ist *die dritte Stufe*.

Heute, sieben Jahre danach, ist es so: Es gibt für mich zwei unumstößliche Regeln: *Nie am Tag rauchen* und *Nach dem*

Abendessen nie mehr als drei Zigaretten. Damit kann ich souverän umgehen. Es kommt vor, daß ich überhaupt nicht rauche, manchmal tagelang nicht. Eigentlich habe ich zum Rauchen ein ganz ähnliches Verhältnis entwickelt wie zum Trinken: Ich trinke ja auch nicht täglich Bier oder Wein – und tagsüber schon gar nicht.

Abends mit meinem Mann oder allein rauche ich, wenn überhaupt, ein bis zwei Zigaretten. Mit Freunden oder im Restaurant regelmäßig zwei bis drei Zigaretten, eine nach dem Hauptgang und noch eine oder zwei zum Espresso. Obwohl es mir nichts mehr ausmacht, überhaupt nicht zu rauchen, meide ich nach Möglichkeit Orte, wo Rauchen verboten ist. Ich würde nie ein Restaurant besuchen, in dem ich nicht rauchen darf, denn ich empfinde Rauchverbote an Orten der Geselligkeit und des Genusses als einen Angriff auf meine persönliche Freiheit, und es ist eine Diskriminierung, Leute zum Rauchen vor die Tür zu schicken. Ich bezweifele, daß Leute, die so etwas tun, Freunde sind, und finde, es ist eine Unverschämtheit, zu erwarten, daß jemand in einem Restaurant teuer ißt und sich dann zum Rauchen auf die Straße stellt.

Doch die Fanatiker sterben nicht aus – sie scheinen im Gegenteil mehr zu werden: Letzten Sonntag war in der *Frankfurter Allgemeinen Sonntagszeitung* ein Leserbrief zu einem Foto der Schauspielerin Katja Flint abgedruckt, auf dem sie eine Zigarette raucht. Im Wortlaut: »Schade, das Foto der Schauspielerin Katja Flint ist zwar ein Blickfang, jedoch die Zigarette im Mund stört. Kann die FAS bei Veröffentlichungen von Bildern nicht ohne dieses rauchende Beiwerk auskommen?«

Die Hatz auf Raucher ist also steigerungsfähig.

Ich habe ohne zu rauchen drei Bücher geschrieben, deprimierende Steuerbescheide gelesen und den Tod meiner 18 Jahre alten Katze verkraftet, und ich glaube, zu Recht sagen zu können: *Ich habe die Sucht besiegt.* Ferner glaube ich, daß nach den

3 Grundregeln meiner Methode jeder, der es wirklich will, zu diesem Ziel gelangen kann. Allerdings liegt es mir fern, jemanden bekehren zu wollen. Ob jemand *diesen* Weg gehen will oder lieber ganz aufhört – oder, wie Zeno Cosini und sein Autor, Raucher bleiben möchte –, das muß jeder selber wissen.

Noch eine Anekdote zum Schluß, die ich in einem Zeitungsartikel (FAZ vom 9. 1. 2005) fand:

> »In den Aufzeichnungen des Komponisten Erik Satie findet sich folgender Satz: ›Mein Arzt rät mir immerzu zum Rauchen. ‘Rauchen Sie, mein Freund’, sagt er, ‘sonst raucht ein anderer an Ihrer Stelle.’‹«

TEXTNACHWEISE

Gilbert Adair, wurde am 29. Dezember 1944 in Edinburgh geboren.
Die Geheimgesellschaft der Raucher. In: Wenn die Postmoderne zweimal klingelt. Variationen ohne Thema. Deutsch von Thomas Schlachter. Copyright © 2000 by Edition Epoca AG, Zürich, S. 84, 85, 86, 87

Gottfried Benn, geboren am 2. Mai 1886 in Mansfeld/Westprignitz, ist am 7. Juli 1956 in Berlin gestorben.
Das gezeichnete Ich. In: Briefe aus den Jahren 1900-1956. Mit einem Nachwort von Max Rychner. © Limes Verlag, Wiesbaden 1962, S. 4

Ernst Bloch, geboren am 8. Juli 1885 in Ludwigshafen, ist am 4. August 1977 in Tübingen gestorben.
Philosophische Ansicht des Detektivromans. In: Literarische Aufsätze (Gesamtausgabe Bd. 9). © Suhrkamp Verlag, Frankfurt am Main 1965, S. 242

Raymond Chandler, geboren am 23. Juli 1888 in Chicago/Illinois, ist am 26. März 1959 in La Jolla/Kalifornien gestorben.
Das hohe Fenster. Roman. Neu übersetzt von Urs Widmer. Copyright © 1975 by Diogenes Verlag AG, Zürich. S. 12; Der große Schlaf. Roman. Neu übersetzt von Gunar Ortlepp. Copyright © 1974 by Diogenes Verlag, AG, Zürich, S. 9f.; Die Tote im See. Roman. Neu übersetzt von Hellmuth Karasek. Copyright © 1976 by Diogenes Verlag AG, Zürich, S. 6ff., 12; Der lange Abschied. Erste vollständige deutsche Ausgabe übersetzt von Hans Wollschläger. Copyright © 1975 by Diogenes Verlag AG, Zürich, S. 8, 187, 192, 380f.; Die simple Kunst des Mordes. Briefe, Essays, Notizen, eine Geschichte und ein Romanfragment. Herausgegeben von Dorothy Gardiner und Kathrine Sorley Walker. Neu übersetzt von Hans Wollschläger. Copyright © 1975 by Diogenes Verlag AG, Zürich, S. 288

Egon Caesar Conte Corti, geboren am 2. April 1886 in Agram (Zagreb), ist am 17. September 1953 in Klagenfurt gestorben.
Geschichte des Rauchens. »Die trockene Trunkenheit«. Ursprung, Kampf und Triumph des Rauchens. © Insel Verlag Frankfurt am

Main 1986, S. 37 f., 67, 78, 98 f., 156, 193, 195, 197, 207, 214, 215 f., 219 f., 221, 222, 276, 277, 278, 279, 281, 288

Arthur Conan Doyle, geboren am 22. Mai 1859 in Edinburgh, ist am 7. Juli 1930 in Crowsborough/Sussex gestorben.
Studie in Scharlachrot. Ein Sherlock-Holmes-Roman. Übersetzung von Angela Uthe-Spencker. Nachwort von Karl Krejci-Graf. Mai 1985. © Deutscher Taschenbuch Verlag GmbH & Co. KG, München, S. 14; Der Hund von Baskerville. Kriminalroman. Herausgegeben von Nino Erné. Deutsche Rechte beim Verlag Ullstein GmbH, Frankfurt/M – Berlin – Wien 1983, S. 27

Syd Field, Peter Märthesheimer, Wolfgang Längsfeld u.a.
Drehbuchschreiben für Fernsehen und Film. Ein Handbuch für Ausbildung und Praxis. Zusammengestellt und herausgegeben von Andreas Meyer und Gunther Witte. © 1987 Paul List Verlag KG, München, Leipzig, S. 76

Gustave Flaubert, geboren am 12. Dezember 1821 in Rouen, ist am 8. Mai 1880 in Croisset gestorben.
Lehrjahre des Gefühls. Geschichte eines jungen Mannes. Übertragen von Paul Wiegeler. Insel Verlag, Frankfurt am Main 1979. Alle Rechte an der deutschen Übersetzung von Paul Wiegeler beim Aufbau Verlag, Berlin und Weimar, S. 11, 471 ff., 477; Madame Bovary. Revidierte Übersetzung aus dem Französischen von Arthur Schurig. Insel Verlag, Leipzig 1911, S. 68, 77 ff., 80 ff., 83 f., 179, 200, 219, 253, 259, 274 f.

Sigmund Freud, geboren am 6. Mai 1856 in Freiberg/Příbor, ist am 23. September 1939 in London gestorben.
Selbstdarstellung. In: Schriften zur Geschichte der Psychoanalyse. Herausgegeben und eingeleitet von Ilse Grubrich-Simitis. © S. Fischer Verlag GmbH, Frankfurt am Main 1971, S. 10

Curt Goetz, geboren am 17. November 1888 in Mainz, ist am 12. September 1960 in Grabs/Schweiz gestorben.
Die Tote von Beverly Hills. Satire auf einen Bestseller. © 1951 by Curt Goetz. Lizenzausgabe mit freundlicher Genehmigung der Deutschen Verlags-Anstalt GmbH, Stuttgart, S. 9

Graham Greene, geboren am 2. Oktober 1904 in Berkhamsted/County Hertfordshire, ist am 3. April 1991 in Vevey/Schweiz gestorben.
Der dritte Mann. Roman. Copyright by Verlag Paul Zsolnay, Hamburg 1952, S. 11 f., 220.

Dashiell Hammett, geboren am 27. Mai 1894 in Mary's County/Maryland, ist am 10. Januar 1961 in New York gestorben.

Der Malteser Falke. Roman. Neu übersetzt von Peter Naujack. Copyright © 1974 by Diogenes Verlag AG, Zürich, S. 17f.; Der dünne Mann. Roman. Neu übersetzt von Tom Knoth. Copyright © 1976 by Diogenes Verlag AG, Zürich, S. 19

Patricia Highsmith, geboren am 19. Januar 1921 in Fort Worth/Texas, ist am 4. Mai 1995 in Lugano gestorben.
Der Junge, der Ripley folgte. Roman. Aus dem Amerikanischen von Anne Uhde. Copyright © 1980 by Diogenes Verlag AG, Zürich, S. 13; Ripley under Water. Roman. Aus dem Amerikanischen von Otto Bayer. Copyright © 1991 Diogenes Verlag AG, Zürich, S. 79

Ernst Theodor Amadeus Hoffmann, geboren am 24. Januar 1776 in Königsberg/Ostpreußen, ist am 25. Juni 1822 in Berlin gestorben.
Klein Zaches genannt Zinnober. In: E.T.A. Hoffmann Werke. Zweiter Band. Insel Verlag, Frankfurt am Main 1967, S. 132f.

Erica Jong, geboren am 26. März 1942 in New York City.
Rette sich wer kann. Roman. © S. Fischer Verlag GmbH, Frankfurt am Main 1978, S. 53

Jean de La Varende, geboren am 24. Mai 1887 in Chamblac/Normandie, ist am 8. Juni 1959 in Paris gestorben.
Gustave Flaubert. Copyright © 1958 by Rowohlt Verlag GmbH, Hamburg, S. 55, 115, 119

Ulrike Leonhardt
Mord ist ihr Beruf. Eine Geschichte des Kriminalromans. © C.H. Beck'sche Verlagsbuchhandlung (Oscar Beck), München 1990, S. 49, 97

Frank MacShane, geboren am 19. Oktober 1927 in Pittsburgh, ist am 15. November 1999 in Gloucester/Massachusetts gestorben.
Raymond Chandler. Eine Biographie. Aus dem Amerikanischen von Christa Hotz, Alfred Probst und Wulf Teichmann. Copyright © 1984 by Diogenes Verlag AG, Zürich. S. 115, 208

Thomas Mann, geboren am 6. Juni 1875 in Lübeck, ist am 12. August 1955 in Kilchberg bei Zürich gestorben.
Der Zauberberg. Roman. © 1952 S. Fischer Verlag, Frankfurt am Main, S. 67, 68, 69, 85, 86, 107, 111, 112, 113, 225, 241, 296, 346, 347, 348, 349, 359, 360, 361, 748, 930, 970

Curt Maronde, geboren am 7. April 1906 in Stettin
Rund um den Tabak. Ein vergnüglicher Bummel durch die Raucherparadiese nebst Anleitung zum gesünderen Tabakgenuß.

© 1976 Fischer Verlag GmbH, Frankfurt am Main, S. 2, 27, 58, 93, 94, 97, 116

Guy de Maupassant, geboren am 5. August 1850 auf Schloß Miromesnil/Dieppe, ist am 7. Juli 1893 in Paris gestorben.
Bel-Ami. Roman. Aus dem Französischen übertragen von Anna Wagenknecht. Mit einem Nachwort von Gilbert Sigaux. Verlag Rütten & Loening, Berlin, S. 55, 56, 57, 103, 226, 227, 406, 407, 437

Prosper Mérimée, geboren am 28. September 1803 in Paris, ist am 23. September 1870 in Cannes gestorben.
Carmen. Novelle. © 1963 Philipp Reclam jun., Stuttgart, S. 6 f., 8, 18 f.

Connie Palmen, geboren am 25. November 1955 in Sint Odiliënberg/Niederlande, lebt und arbeitet in Amsterdam.
I.M. Ischa Meijer. In Margine. In Memoriam. Aus dem Niederländischen von Hanni Ehlers. Copyright © 1999 Diogenes Verlag AG, Zürich, S. 91, 317

Edgar Allan Poe, geboren am 19. Januar 1809 in Boston/Massachusetts, ist am 7. Oktober 1849 in Baltimore gestorben.
Der entwendete Brief. In: Gesammelte Schriften 3. © Abi Melzer Productions, 1980, S. 211

Volker Reiche, geboren am 31. Mai 1944 in Belzig, Brandenburg, lebt in Königstein im Taunus.
Strizz und die Literatur. In: Strizz. Das dritte Jahr. © Verlag C. H. Beck oHG, München 2005, S. 28

Françoise Sagan, geboren am 21. Juni 1935 in Cajarc/Lot, ist am 24. September 2004 in Honfleur/Calvados gestorben.
Bonjour Tristesse. Aus dem Französischen von Helga Treichl. © der deutschen Übersetzung by Verlag Ullstein GmbH, Frankfurt/Main, Berlin 1957, S. 165

Fritz Schalk, geboren am 11. Januar 1902 in Wien, ist am 20. September 1980 in Köln gestorben.
Die französischen Moralisten. Band 1: La Rochefoucauld. Vauvenargues. Montesquieu. Chamfort. © 1962 Carl Schünemann Verlag, Bremen, S. 50, 103; Die französischen Moralisten. Band 2: Galiani. Rivarol. Joubert. Jouffroy. © 1963 Carl Schünemann Verlag, Bremen, S. 50, 103, 336

Georg Seeßlen, geboren 1948 in München, lebt in Kaufbeuren.
Der Asphalt-Dschungel. Geschichte und Mythologie des Gangster-Films. Copyright © 1977 by Roloff & Seeßlen, München, S. 155; Kino

der Gefühle. Geschichte und Mythologie des Film-Melodrams. Copyright © 1980 by Rowohlt Verlag, Reinbek, S. 135 f.

Italo Svevo (d. i. Ettore Schmitz), geboren am 19. Dezember 1861 in Triest, ist am 13. September 1928 in Motta di Livenza gestorben.
Zeno Cosini. Roman. Aus dem Italienischen übersetzt von Piero Rismondo. Copyright © 1959, 1987, 1988 by Rowohlt Verlag GmbH, Hamburg, S. 17, 22, 24, 31, 32, 34, 35, 36, 37, 38, 39, 47, 307, 547, 550, 575

Friedrich Torberg, geboren am 16. September 1908 in Wien, ist dort am 10. November 1979 gestorben.
Auch Nichtraucher müssen sterben. Silvester-Plädoyer für einen ungesunden Lebenswandel (1978). In: Auch Nichtraucher müssen sterben. Essays – Feuilletons – Notizen – Glossen. © 1985 by Albert Langen Georg Müller Verlag GmbH, München, Wien, S. 9 ff.

Mark Twain, geboren am 30. November 1835 in Florida/Missouri, ist am 21. April 1910 in Redding/Connecticut gestorben.
Huckleberry Finns Abenteuer. Deutsch von Lore Krüger. Mit einem Essay von T.S. Eliot. Veröffentlicht als Diogenes Taschenbuch, 1985. Lizenzausgabe mit freundlicher Genehmigung des Carl Hanser Verlags, München und Wien, S. 52 f.; Die Abenteuer des Tom Sawyer. Alle Rechte vorbehalten R. Löwit GmbH, Wiesbaden, S. 45, 103

Jules Verne, geboren am 8. Februar 1828 in Nantes, ist am 24. März 1905 in Amiens gestorben.
Die geheimnisvolle Insel. Verlag Bärmeier & Nikel, Frankfurt am Main 1967, S. 39, 189, 194, 202

Martin Walser, geboren am 24. März 1927 in Wasserburg am Bodensee, lebt in Überlingen am Bodensee.
Ein fliehendes Pferd. Novelle. © Suhrkamp Verlag Frankfurt am Main 1978, S. 132 f., 135, 140 f., 144

Christa Jekoff lebt als freie Schriftstellerin in der Nähe von Frankfurt am Main. Sie war im Buchhandel und in der Erwachsenenbildung tätig, bevor sie Germanistik, Psychologie und Soziologie studierte. Nach ihrer Tätigkeit an der Frankfurter Johann Wolfgang Goethe-Universität begann sie Romane zu schreiben: vier Kriminalromane und zwei Beziehungskomödien.

1. Auflage 2006

Textnachweise am Schluss des Bandes
www.hoffmann-und-campe.de
Umschlaggestaltung: Katja Maasböl
Umschlagabbildung: Michel Simpson, Getty Images
Satz: TypoForum GmbH, Seelbach
Druck und Bindung: GGP Media GmbH, Pößneck
Printed in Germany
ISBN (10) 3-455-02341-X
ISBN (13) 978-3-455-02341-1

HOFFMANN
UND CAMPE

Ein Unternehmen der
GANSKE VERLAGSGRUPPE